떨어져 나온 한 조각일지도

어쩌면 너는 시에서

시인의일요일시집 **026**

어쩌면 너는 시에서
떨어져 나온 한 조각일지도

초판 1쇄 펴냄 2024년 3월 27일
초판 2쇄 펴냄 2024년 9월 20일

지 은 이 서진배
펴 낸 이 김경희
펴 낸 곳 시인의일요일

표지·본문디자인 노블애드
경영지원 양정열

출판등록 제2021-000085호
주   소 경기도 용인시 기흥구 연원로42번길 2
전   화 031-890-2004
팩   스 031-890-2005
전자우편 sundaypoet@naver.com
블 로 그 https://blog.naver.com/sundaypoet

ISBN 979-11-92732-17-6(03810)

값 12,000원

어쩌면 너는 시에서 떨어져 나온 한 조각일지도

서진배 시집

아무래도 여기 담은 시편은
당신이 더듬더듬 불러준 슬픔을 내가 받아쓴
듯싶어요

먼 당신에게 갚을 길 없어 내가 사는 세계에
그 슬픔을 갚아 줍니다

당신은 나의 세계였으니까요

정 당신 손에 받고 싶으면,
내가 사는 세계에 한번 다녀가든가요

|차례|

어쩌면 너는 시에서

떨어져 나온 한 조각일지도

흥얼흥얼

어떤 슬픔은 길을 잃을 때가 있습니다

파란 사과 한 알을 쥐고 장례식장 안을 뛰어다니는 어린
상주가 있는가 하면,
벽에 기대어 흥얼거리는 어린 상주의 엄마가 있습니다

너무 어린 슬픔이거나,
너무 아린 슬픔이거나,

슬픔이 눈물을 따라가야는데,
과일가게 간판에 한눈팔거나,
노래를 흥얼흥얼 따라갈 때가 있습니다

어떤 슬픔은
가 본 길인데 길을 잃고,
어떤 슬픔은
갈 때마다 길을 잃고,

당신의 슬픔이 길을 잃어 당신도 모르게 흥얼흥얼 노래가
흘러나올 때, 나는

　당신의 슬픔을 따라 길을 잃고,
　당신의 흥얼거림을 따라 흥얼거립니다

　당신이 흥얼거리는 노래마저 길을 잃고 한 멜로디를 맴돌
때, 나도
　그 멜로디를 따라 맴돕니다

　무슨 노래인지 묻지 않으면서,
　무슨 슬픔인지 묻지 않으면서,

　한 흥얼거림이 한 흥얼거림을 흥얼흥얼 따라가고 있습니다

이사 2

셋집으로 이사하고 너는 가장 먼저 묻는다

이 집에도 못을 마음대로 박을 수 없겠지?
너는 벽을 똑똑 두드리며 사나운 벽과 순한 벽을 마음대로 고를 수 있는 우리 집으로 이사하고 싶다고,

못이 휠까, 망치로 못을 때릴 때마다 눈을 감으면서도 오래 때릴 수 있는 우리의 벽을 가진 집으로 이사하고 싶다고,

벽에 못을 박을 수 없는 셋집에서는 우리의 액자를 높은 곳에 걸지 못하고 바닥에 기대어 놓아야 한다고, 그래서

우리는 액자 속에서도 어깨를 기대는 버릇이 있는 거라고,

왜 우리는 이미 박혀 있는 못에만 시계를 걸어야 하냐고,
이 집에 세 들어 살다 간 사람들은 왜 같은 높이에 걸린 시간만 살다 가야 하냐고,

우리가 새로 못을 박는다면 집을 떠날 때,
새로 박은 못을 모두 빼고 떠나야겠지?
못을 뺀 자리에 껌이라도 붙이고 떠나야겠지?

마음대로 상처 낼 수 없는 집은 우리의 집이 아니라고,

액자의 기울기

나는 기운 듯한데, 너는 왜 계속 수평이 맞다, 하는 걸까

액자로 다가가 액자의 왼쪽 어깨와 오른쪽 어깨를 다독이
고, 나는

한 걸음 물러서며 네게 한 걸음 다가간다
고개를 왼쪽으로, 오른쪽으로 기울여 본다

우리 앞의 벽이 기운 건 아닐까

또 한 걸음 물러서며 또 한 걸음 네게 다가간다

네게 머물 때까지 물러서 봐도,
너를 지날 때까지 물러서 봐도,

액자는 기운 듯한데,
너는
왜 계속 수평이 맞다, 하는 걸까

얼마나 더 물러서야 네 수평을 볼 수 있을까

액자 속 네 얼굴이 내 얼굴 쪽으로 기울어 그런 줄도 모르고,

기울어진 네 얼굴에서 내 얼굴로
설탕 같은 웃음이 흘러오는 줄도 모르고,
네 얼굴의 웃음이
내 얼굴에서 웃음소리가 날 때까지 흘러와야 하는 줄도
모르고,

액자 속 너는
우리 앞의 영원을 본 사람처럼 웃고,

액자 속 나는
우리 앞의 끝을 본 사람처럼 웃고,

우리 앞의 시간이 기운 줄도 모르고,

양말

거 봐라 네가 가진 자루가 작더라도 왼쪽 오른쪽 나누어 담으면 너를 다 담을 수 있잖니,

너를 붙잡을 곳 마땅치 않아 들고 걸어가기 어려울 때는 너를 자루에 담아 들고 걸어가면 한결 편할 거야

방으로 드는 식당에서 너를 구멍 난 자루에 담아 왔다는 걸 발견하는 순간 너는
그 구멍으로 줄줄 새는 너를 들키고 싶지 않아 발을 숨겨야 할 거야

자루를 아무리 당겨 올려도 자루는 내 무릎도 담지 못할 뿐인데요

네 발만 담아도 너를 자루에 담는 거란다
황금색 계급장을 찬 어깨 앞에서 손을 바지 주머니에 넣는 것만으로도 떨고 있는 너를 감출 수 있거든,

쓰레기봉투에 너를 조금이라도 더 담으려 발을 넣고 밟는 모습처럼 보일 수도 있을 거야

유리 거울처럼 깨진 너의 얼굴 조각들이 그 안에 담겨 있는 줄도 모르고,
그러니,

너를
나누어 담아라

눈물도 왼쪽 눈 오른쪽 눈 나누어 담으면 넘치지 않잖니,

잠만 자는 방

밥을 먹을 수도 없습니다
배가 부르면 방이 좁아집니다

모서리에 지은 방이라서 고개만 돌려도 모서리에 찔리고,
쪼개서 지은 방이라서 잠도 쪼개서 잡니다

서서 누구를 기다리는 자세나,
그 사람을 향해 서둘러 걸어가는 자세도 모두 방문 밖에
두고 들어야 합니다

몰래 데려온 애인의 신발을 방 안에 들여놓아야 하듯,
몰래 빛을 데려오면 들킬 수 있습니다

기쁨 없이 웃고,
슬픔 없이 울어야 합니다 아니,
표정만으로도 방이 좁아집니다

표정도 시간도, 이 방 안에는 왜 이렇게 빈 비닐봉지들이

많은지,
  조금만 뒤척여도 바스락거립니다

  잠만 자는 방이라서 꿈을 꿀 공간이 없습니다

  창문 하나를 갖고 싶은 꿈이 얼마나 많은 공간을 차지하
는지 알지 않습니까

  꿈을 꾼대도 꿈속이 좁아 이별한 애인들과 자주 마주칩니
다 그런데

  양말은 이 방 어디서 짝을 잃어버리는 걸까요

  내가 들어와도 돌아보지도 않고 잠만 자는 방입니다

이사

벽을 장식한 책을 박스에 담고 있는 이삿짐센터 남자에게
물었습니다

어떤 집 이사가 가장 힘드시나요?
나는

우리 집처럼 책이 많은 집이라는 대답을 은근히 기대하며,
교양 많은 사람의 미소로 물었습니다

집을 줄여 이사 가는 집요
집을 늘려 이사 가는 집 말고요

문짝을 떼도 들어가지 못하는 냉장고나 장롱처럼,
버리지 못하고 가져갔는데 창문으로도 들어가지 못하는
웃음소리처럼요

여자는 버릴 수 없는 마음인데, 남자는 그 마음은 버리고
가야 한다, 말하는 집요 이를테면

튤립 궁전이 담긴 선물상자를 뜯는 마음처럼요

남자가 여자에게
가져가면 놓을 데가 어딨나, 물으면
여자가
놓을 데를 머릿속에서 더듬다가
그냥 버리라, 말하는 집요

그런 집 이사는 한 사람이 한 사람의 마음을 대신 버려 줄
때까지 기다려야 한다니까요

그렇게 마음을 하나하나 버리고 사람만 겨우 이사하는
집요

811호

　늙은 여자와 열쇳집 남자가 현관문 번호키 패널에 떠오르
는 숫자를 넣어 보고 있습니다

　열쇳집 남자가 늙은 여자에게
　머릿속에 남은 숫자를 전부 꺼내 보라, 말할 때,

　늙은 여자는
　몇 개 남지 않은 숫자를 꺼내면서도 쓰게 웃었지만,
　생일은 잊은 지 오래다, 말하면서도 쓰게 웃었지만,
　하늘문교회 교우의 집 스티커를 보고 교회 번호를 물었을
때도,
　지문식으로 바꿔야 한다, 권할 때
　지문이 닳았다, 말하면서도,
　쓰게 웃었지만,

　열쇳집 남자가
　그럼 아들 전화번호를 알려 달라, 했을 때,
　그럼 딸 전화번호를 알려 달라, 했을 때,

늙은 여자는
손을 떨기 시작했습니다
울먹이기 시작했습니다

현관문 안에서 개가 울부짖기 시작했습니다

바늘의 자리

  세 시간 동안 주삿바늘 꽂을 자리를 찾던 간호사가 아기
의 머리에 주삿바늘을 꽂았다는 기사를 읽었습니다

  아기의 엄마는 주삿바늘이 꽂힌 아기의 머리를 품에 안고
눈물 가득한 눈으로 간호사를 바라보는 사진과 함께요

  혈관을 찾지 못해 꽂았던 바늘을 다시 뽑고, 손등을 파랗
게 두드리면서도 바늘을 포기하지 않았다고 합니다

  바늘 꽂을 자리만 남아 있다면 아기는 풍선처럼 살이 부
풀어 오를 수 있습니다

  바늘 끝에서
  울어야 할 울음이며,
  쏟아야 할 웃음이며,
  만나야 할 사랑이며,
  방울방울
  아기의 혈관 속으로 흘러 들어갈 수 있으니까요

호스피스 병동에서 만난 여자는 점점 바늘 꽂을 자리를 잃어 가지만, 아직
　피가 흐르는 혈관이 남아 있다면,
　바늘 꽂을 자리가 남아 있는 거라며,

　더 우는 아들보다 덜 울었습니다

　손등에 푸른 혈관이 굵게 내비치는 사람이 부러울 때도 있지만,

　바늘 꽂을 자리만 남아 있다면,
　왼쪽으로 누워도 찔리고,
　오른쪽으로 누워도 찔려도,

　몸속으로 시간이 흘러 들어갈 수 있습니다

통화

옆 테이블 여자가 전화 너머에게 이 카페에 찾아오는 길
을 알려 주고 있습니다

은하수약국 보여? 안 보여?

약을 타러 가는 늙은 여자에게는 그 많던 약국이 눈에 띄
지 않고,

사랑을 만나러 가는 어린 남자에게는 그 많던 꽃집은 눈
에 띄지 않고,

저 여자를 찾아오는 전화 너머에게는 저 여자에게 오는
그 많은 길이 눈에 띄지 않습니다

그럼 말야,
지금 네 눈앞에 보이는 걸 말해 봐

전화 너머에서 보이는 간판을 하나씩 하나씩 불러 주고

있겠죠
  지금 이 순간 옆 테이블 여자와 전화 너머는 함께 주위를
둘러보고 있겠죠

  둘이 함께 눈에 띄는 무언가를 찾는 겁니다

  곧 카페 유리문을 열고 둘은 딸랑거리며 들어올 겁니다

  벌써 출발한 너에게,
  아직 도착하지 않는 너에게,
  통화하고 싶어졌습니다

  그럼 말야,
  지금 네 눈앞에 보이는 걸 말해 봐

스마트폰 두고 사람에게 길을 묻냐는 소리를 들었습니다

사람은 누구나 한번은 길을 잃어 본 적 있기 때문입니다

어느 간판을 따라가서는 안 되는지,
가야 할 길을 알려 주는 것보다 가서는 안 될 길을 알려 주기 때문입니다

가서는 안 될 길만 가지 않는다면 가야 할 길만 갈 수 있기 때문입니다

골목에 빠져 허우적거려 본 사람에게 길을 물어야 골목의 깊이도 모른 채,
성큼성큼 들어가지 않습니다

길을 몰라 울어 본 적 있는 사람은 울음이 나오지 않는 길을 알려 주기 때문입니다

어떤 길은 울음이 나와야 찾아갈 수 있다는 걸 알려 주기 때문입니다

내가 찾는 당신을 바로 옆에 두고 주변만 맴돌지 않기 위
해서입니다
　무엇보다,

　나도 이 길은 처음입니다,
　말하는 당신을 찾고 싶은 겁니다

　나만 처음이 아닌,
　나도 처음인,

센서등

　종종 늙은 개는 현관 신발장 앞까지 네 개의 발 짧게 깎은
발톱으로 바스락바스락 걸어가 꼬리를 흔들어 센서등 불을
켜고 돌아온다

　늙어도 이렇게 귀엽고 희고 복실한 덩어리가 동작하고 있
다고,

　종종 내가 센서등 아래 어둠 속에서 신발을 신으려 허리
를 굽힐 때,
　센서등이 나를 감지하지 않을 때, 나는

　어떻게 왼쪽 신발과 오른쪽 신발을 구분할 것인가

　당신 바로 눈 밑까지 손을 들어 흔들며,
　나 여기 있다고,
　나 좀 보라고,

　내 동작은 너무 작아서

그렇게 높은 곳에서,
그렇게 사발만 한 눈을 가진 당신에게도
내가 보이지 않는가

신발을 신는 짐승은 당신 눈에 들지 않는가

나도 발톱을 짧게 깎고 네 발로 걸어가 꼬리를 흔들어야
하는가

당신,
내 동작 대신 내 떠는 숨소리를 감지할 수는 없는가

종종 현관문 밖을 머물다 가는 발소리에도 불을 켜더니,

화석

어머니는 내 사진을 보며 나무라신다
좀 웃지 그랬니,

내가 보고 자란 웃음이 그런 걸요

당신 얼굴에 내가 보고 자란 웃음이 비친다

사진기를 들이대면 구겨진 얼굴을 서둘러 펴는 어머니

당신 웃을 때,
구겨진 사진 펴지는 소리가 나는 이유

누가 알겠니,
의자를 두고 일어설 때, 에효효
좁고 먼 복도를 걸어 나올 때, 어구구
화산섬에 발을 디딜 때, 어쿠쿠
무릎이나 허리나 아무튼
몸이 꺾이는 곳 어디라도 손을 짚을 때마다
몸에서 울음소리가 났다는 걸,

시간 없어 빨리들 웃어

하나 둘 셋
힘들을 내어 웃음을 당겨 왔다는 걸,

다음 웃음을 향해 부지런히 관광버스로 달려가야 했다
는 걸,

누가 알겠니,
구겨진 얼굴들은 모두 기억처럼 하얗게 태워 버리면,

너도 내 얼굴을 떠올리려 사진을 들여다볼 거잖니,

그때 내가 웃고 있으면 너도 웃을 테니까

남는 건 사진뿐,

나는 웃기만 하고 살았을 뿐,

폐지

은하수약국 앞 빈 종이박스 하나를 붙잡고 실랑이하는 두 노인이 있습니다

내가 오늘 꼭 가져가야만 하는 빈 종이박스를 당신도 오늘 꼭 가져가야 한다고,

내가 붙잡은 종이박스를 제발 당신 놓아 버리지 말아 달라고,

당신 왜 그렇게 쉽게 구겨지려 하는 거냐고,
당신 곧 찢어질 것 같다고,

당신은 내게
나는 당신에게
아직
빼앗기고 싶지 않은 게 남아 있다 알려 주는 사람

당신과 내가

서로 당길수록
달달하고 폭신한 카스텔라 빵이 되고,
더운 김을 피우는 밥상이 되고,

당신과 내가
서로 당겨
우리는
아직
서로 팽팽하다고,

당신과 내가 버리기 전까지
아직
버려진 게 아니라고,

줄다리기

그때는 왜 몰랐을까
그날 줄다리기의 승패는 키 작은 그 남자애가 쓰는 힘과
는 전혀 무관했다는 사실을,

총에 화약이 장전되는 동안,
왜 키 작은 그 남자애는 쓸데없이 심장을 쿵쾅거리며 줄
을 붙잡았으며,

담임선생님이 한 줄 한 줄 그 남자애를 뒤로 옮겨 놓다, 결
국 맨 뒷줄까지 옮겨 놓았는데도 땅에 발을 박고 뒤로 넘어
가도록 힘을 썼을까

줄 대신 흥얼거리는 노래의 손을 붙잡고 춤을 추어도 그
날의 승패와 상관없었을 텐데,

시간의 꼬리나, 사랑의 꼬리를 잡고 끌어당기면 시간이
나, 사랑을 당겨올 수 있다, 알았을까

들썩거리는 등짝만 보면서,

영차영차 목소리에 힘을 더 쓰던 키 작은 그 남자애는 왜
몰랐을까
  그날 줄다리기의 승패는 믿을 만한 등짝을 가진 맨 앞줄
남자애하고만 관계가 있었다는 걸,

  그날의 슬픔과 기쁨의 줄다리기가 키 작은 그 남자애가
쓰는 힘과는 무관했다는 사실도 모르고,

  내가 쓰는 힘 때문에 기쁜 줄 알고 웃음이 나고,
  내가 쓰는 힘 때문에 슬픈 줄 알고 눈물이 나고,

시간의 약도

　당신은 당신이 살고 있는 시간으로 찾아오라, 약도를 그
려 준다

　당신이 지나간 시간을 따라오기만 하면 도착할 수 있다고,

　당신은 한 남자를 잃어버린 시간을 그리며 말한다

　여기 이 시간 알겠니?
　알아요, 나도 그 시간 그 남자를 잃어버렸잖아요

　그 시간 당신은 길게 누운 그 남자 때문에 울었고 나는 당
신이 울어서 울었잖아요

　당신의 시간을 찾아가는 길은 초입부터 슬픔이군요

　슬픔이야말로 눈에 가장 잘 띄는 이정표잖니,
　기억 속에서 헤맬 때 왜 슬픔이 가장 먼저 눈에 띄잖니,

그 남자를 잃어버린 시간을 끼고 왼쪽으로 돌면 또 왼쪽 자꾸 작아지는 왼쪽뿐일 거야 왼쪽으로만 돌며 한 스무 해 걸어오면, 골목 속 골목처럼 내가 사는 시간은 점점 작아지다 결국 막다른 골목이 나오고, 나는 그 시간을 달팽이의 집이라 부르며 하하하 웃지

　내가 내 시간 밖으로 나와 앉아 있을게
　너에게는 내가 가장 눈에 잘 띄는 슬픔일 테니까

　당신이 살고 있는 시간으로 찾아오라 그려 준 약도 속에는 그 많은 나의 생일날은 다 어디로 가고,

　왜 이렇게 약봉지 뒷면에 그려진 약도처럼 약을 사러 가는 시간들뿐인가

우리의 혼잣말은 언제 만날까

세상에 혼잣말이 어딨어요

지금 없는 사람에게 하는 말이고,
여기 없는 사람에게 하는 말일 뿐이죠

세상에 혼잣말은 없습니다

당신이
혼자 남은 방에서 하는 말이 어떻게 혼잣말이겠어요

그 방에 함께 있던
그 남자에게 하는
늦은 대답이고,
이른 물음이죠

그 남자는
벌써 묻고,
당신은

이제 대답하고,
당신은
지금 묻고,
그 남자는
아직인 대답일 뿐이죠

둘이 멀리서 하는 말일 뿐이죠

미처 못 한 말이고,
차마 못 한 말이고,
이제야 하는 말이고,
아직인 말일 뿐이죠

둘이 멀리서 하는 말이 어떻게 혼잣말이겠어요

아직 가는 말이고,
아직 오는 말이고,

아직 만나지 못한 말일 뿐이죠

서울가정의학과의원

  병을 어서 낫게 하는 환자는 자신의 아픔을 의사에게 정
확하게 말할 수 있는 사람입니다

  쓰림인지 쓰라림인지,
  찌르는지 지르는지,

  우리의 말은 우리의 아픔을 정확하게 말할 수 없으니까요

  아프다, 말할 수 없는 아이로 자라,
  아프다, 말해선 안 되는 어른이 되니까요

  몇 개의 말로 살아온
  그런
  당신은
  어디가 어떻게 아파서 왔죠? 물으면
  여기저기 그냥 다 아파, 하십니다

  몸 안인지,

몸 밖인지,
그냥,
여기저기 다 아파하십니다

방 안에서 겨울 생강을 스티로폼 상자에 담은 흙 속에 파
묻으며
생강이 아린지,
생강 같은 당신 손이 아린지,
아리다 하십니다

말을 많이 배워 아픔을 정확하게 말할 수 있다는 나는 정
확하게 내 아픔만 아파하는데,

밥상을 내고
무슨 약을 한 주먹씩 잡수시나, 타박하는 내게
여기저기 다 아파, 하시며
이 중 아픔 하나는 낫게 하겠지
웃으십니다

약국이 먼 당신 집에서

당신을 알아 내가 당신을 앓는다 말하면,

오래 버리지 못한 당신의 약을 먹어 보라, 권하십니다

복용법

어머니, 당신이 내게 가르쳐 준 것 중 약 먹는 법이 유독
많습니다

더운물로 삼켜라
더운물 없으면
찬물도 호호 불며 삼켜라

아픈 사람은 찬물에도 혀를 데일 수 있다
찬물도 호호 불면 더워진다

울음을 삼키듯, 꿀꺽꿀꺽 말고
쌀밥을 삼키듯, 꿀떡꿀떡 삼켜라

깨물지 말고 먹어라
깨지고 으깨지고 부서진 것은
쓴맛이 달라붙는다

쓴맛도 단맛인 듯,

아, 맛있다
아, 맛있다
소리 내어 먹어라

쓴맛은 내가 나를 속여야 넘길 수 있다

약을
달래며 삼켜야
순해지고, 착해져서
아픔을
쓸어 주고,
쓰다듬어 준다

냄새를 맡지 마라
쓴맛보다 쓴 냄새가
삼키기 더 어렵다

떠난 네 아버지 술 냄새 때문에 나는 요새도 종종 취한다

가슴을 주먹으로 탕탕 치지 말고,
손바닥으로 쓸어내려라

내가 나를 원망치 말고, 내가 나를 안쓰러워해라

눈을 감고 약이 내려가는 길을 따라 내려가라
배꼽까지 닿으면
물을 한 대접 더 마셔라

수고했다고,
몸 녹이듯 쉬라고,

넘어와도 뱉지 말고 삼켜라
거꾸로 넘어오는 것들은 더 쓰다

약을 삼키고 사탕을 입에 물어라

짧게 쓰고,
오래 달게,

약으로 아프면 약을 먹어라

약봉지 안에는 약을 달래는 약들이더라
노란색이 분홍색을 달래듯,

약 기운으로 산 몸은 썩지도 않는다더라

아픔보다 더 눈에 띄는 곳에 두어라
아픔보다 더 손에 닿는 곳에 두어라

오래 앓고,
많이 앓아,

당신
약 먹는 법 하나는

오래 알고,
많이 알아,

돋보기

당신은 말씀하신다
나이가 들면
작은 것을 크게 보고 싶어진다고,

손바닥에 흐르는 당신의 시간을 당겨 보고 밀어 보신다

당신
손에 들고 있는 신의 말씀
왜 천국의 문은 작은가

아무리 눈을 비벼도 눈에 낀 안개가 가시지 않는 당신
당신이 티끌 들어간 내 눈알을 핥아 주었듯 당신 눈알을
핥아 주고 싶다

한번 당신은 누구에게 돋보였던가
내게도 당신이 바늘의 구멍처럼 보이는데,

그런 당신이
가난한 자가 천국의 문을 들어갈 수 있다는,

그 작은 말씀을 크게 보신다

낙타가 들어갈 수 있을 때까지 바늘구멍을 돋보신다

9월의 채송화
작아서 작게 고운 그 빛깔을 당신은
곱다, 곱다,
얼마나 크게 보시는가

10월의 채송화
보이지도 않는 죽음을 얼마나 크게 보시려
당신
눈을 또 비비시는가

작은 나를 얼마나 크게 보시길래
바늘구멍으로 내가 들어가지 못할까 봐
낙타처럼
내 죄를 대신 짊어지신다

어쩌면 너는 시에서 떨어져 나온 한 조각 일지도,

떨어져 나온 조각이 어디서 떨어져 나온 건지 알 수 없을 때가 있다

날카롭게 나를 노려보는 유리 조각이 사실은 투명한 화병에서 떨어져 나온 조각이듯,

넘어져 울고 있는 아이의 눈물이 끝까지 아이스크림을 놓지 않은 아이의 웃음에서 떨어져 나온 조각이듯,

시장 좌판 여자의 악다구니가 집에 두고 온 어린 울음소리에서 떨어져 나온 조각이듯,

애인의 질투는 빨간 풍선처럼 부풀어 오르는 심장에서 떨어져 나온 조각이듯,

모퉁이를 돌아 마주친 솜뭉치 같은 강아지가 제가 가진 가장 사나운 이빨을 드러내며 깡깡 짖을 때,
강아지의 짖음은 무서워 울부짖는 울음에서 떨어져 나온

조각이 아닐까

　대부분 떨어져 나온 조각들은 둥글고 부드럽고 물렁물렁
한 것에서 혼자 떨어져 나와 날카로워진 것들

　꽃무늬 접시의 이 빠진 자리에 너를 맞춰 보다가,

　어쩌면 너는
시에서 떨어져 나온 한 조각일지도,

　너의 침묵이 시에서 떨어져 나온 한 조각의 여백이라는 걸,
　너의 비틀거림이 시에서 떨어져 나온 한 조각의 걸음이라
는 걸,

　그래서
너에게 손보다 가슴을 베일 때가 있다는 걸,

당신은 벽을 하나 키웠습니다

아이를 키우는 집집마다 아이의 키를 재는 벽이 하나 있
습니다

자라는 걸 재려면 자라지 않는 게 필요하니까요
작은 걸 재려면 큰 게 필요하니까요

키 작은 당신 집에도 내 키를 재는 벽이 하나 있었습니다

뒤를 늘려 벽에 붙이고,
뒤꿈치를 들어 까치처럼 날아오르려 할 때마다
눈을 올려 떠도
볼 수 없는 것이 머리를 눌렀습니다

아마 그건,
별과 달이 뜬 플라스틱 모양자
그림 하나 없는 책

나는 누르면 누르는 대로 자랐습니다

왜 그렇게 당신은 나를 볼 때마다 키를 재고 싶어 했을까요

환절기 재채기처럼 자란 사촌도 있단다
그건 외가 쪽이잖아요

벽에 내 키를 새길 때마다,
벽은
당신의 눈금만 한 한숨 소리를 먹고
나보다 빨리 자랐습니다

키 작은 당신 집에는 벽의 키를 재는 내가 하나 있었습니다

자라는 걸 재려면 자라지 않는 게 필요하니까요
큰 걸 재려면 작은 게 필요하니까요

왜 당신은 더 이상 나를 보고도 키를 재 보자, 않습니까

접는 선

접는 선을 따라 나를 접어 가면 나는
비행기가 될 수도 있습니다
돛단배가 될 수도 있습니다

손톱으로 나를 꾹꾹 눌러 가며 접어야 합니다
그리움처럼 덜 접힌 마음이 있다면
내가
추락할 수 있습니다
가라앉을 수 있습니다

한 마리 학 속에는 얼마나 많은 접는 선이 담겼는지 아십
니까

당신을 펼쳐 보면 실금 같은 접는 선들 가득하겠죠

한 번 두 번 접는데 도무지 내가 무엇이 되어 가는지 모르
겠습니다

무릎을 접고, 허리를 접고, 고개를 접고, 마음까지 접으면 나도
학처럼 손바닥 위에서
우아하게 앉아 있을 수 있습니까

나를 접을수록 나의 왼쪽과 오른쪽은 점점 더 어긋나고 있습니다
어디서부터 어긋났습니까

내가 너무 뻣뻣합니까

이쯤에서 접어야겠습니다

나는 날고 싶습니다
나를 구겨 던져 주세요

나는 던진 만큼 날아갈 수 있습니다

미다스의 손

손끝에 가시가 박히면,

내 손은 만지는 것 모두 아픔으로 변하게 할 수 있습니다

유리창에 맺힌 빗방울도 만지면
아픔으로 변하게 할 수 있습니다
나는 손끝으로 아픈 빗방울과 아픈 빗방울을 연결시켜
주룩,
흘러내리게 할 수도 있습니다

당신의 웃음도,
당신의 위로도,
당신이 나를 일으켜 손에 쥐어 주는 숟가락도,
아픔으로 변하게 할 수 있습니다

밖을 향해 삿대질하고 돌아온 날 밤이면
손끝에 있던 사람 하나 이불 속에서 밤새 끙끙 앓게 할 수
도 있습니다

밖을 만질 때,
움찔,
내가 안으로 물러서면
움찔,
밖도 밖으로 물러서겠죠

리코더의 구멍을 반달처럼 짚을 때,
슬픔에서 반음 낮은 음이 연주됩니다

슬픔보다 반음 낮은 마음은 정확한 음을 내기 어렵습니다

손끝에 박힌 가시를 찾지 못할 때,
당신은 내 손끝을 입 속에 넣고 혀로 핥습니다

아무리 가시만 한 아픔이라도 쓴맛은 날 테니까요

숨은그림찾기

숨는 건,
뒤에 있는 게 아닙니다
테두리가 닮은 그림 옆에 나란히 있는 겁니다

중절모가 담장 뒤에 숨은 게 아닙니다
압정이 서랍 속에 든 게 아닙니다

사람 옆에 내가 나란히 있어,
빨간 색연필을 들고
나를 찾는 당신이
두 번 세 번 나를 못 보고 지나갑니다

풀잎 옆에 넥타이가 나란히 있습니다
포도송이 옆에 네잎클로버가 나란히 있고,

테두리가 닮은 슬픔 옆에 테두리가 닮은 아픔이 나란히
있는 겁니다

내가 당신을 그리는 마음 옆에 내가 당신을 그리워하는
마음이 나란히 있는 겁니다

나는 종종 빗방울 옆에서 나란히 울고 있습니다

감쪽같이 울고 있습니다

시력검사

더 작은 걸 볼 수 있는 눈은 왜 자랑이 될까

허리를 숙여 네 안으로 고개를 넣고 들여다보면,

너와 나
선을 넘지 않아도,

네 마음이
왼쪽으로 열렸는지,
오른쪽으로 열렸는지,
네 마음에
새가 내려앉는지,
비행기가 이륙하는지,

숟가락으로
왼쪽 눈에 밥을 떠먹여 주고,
오른쪽 눈에 밥을 떠먹여 주고,

같은 밥을 먹고 자랐는데,

왜 왼쪽 눈엔 더 희미한 마음도 보이는지,

네 마음이
굵게 웃을 때만 보이는 게 아닌,
고딕체로 울 때만 보이는 게 아닌,

아래로
아래로
더 아래로

가라앉는
마음도
나는
보인다고,

네 마음을 외워서라도
나는
네 마음이 보인다고,

무릎의 무렵

아마 그 무렵일 거야
내가 지나가는 누군가를 부르기 위해 울기 시작한 때가,

내가
전깃줄에 목을 매달고 허공에 떠 있는
아버지의 두 무릎을 끌어안기 시작한 때가,

내가
아버지 무릎을 끌어안고,
아버지 목에 걸린 전깃줄을 끊어 줄 한 사람을
아버지 대신 숨이 넘어가도록 부르기 시작한 때가,

더 먼 사람을 부르기 위해 더 멀리 울어야 한다는 걸 알게
된 때가,

울음소리는 나를 지나가는 누군가를 숨이 끊어지도록 부
르는 소리라는 걸 알게 된 때가,

내 몸보다 큰 무서움을 끌어안을 수 있게 된 때가,

아마 그 무렵일 거야
누군가를 끌어안고 두 발이 땅에 닿지 않게 들어 올리는
버릇이 생긴 때가,
누군가를 끌어안고 먼저 놓지 못하는 버릇이 생긴 때가,

아마 그 무렵일 거야
아버지의 무릎을 끌어안고,
아버지 숨을 쉬세요
하, 하, 호, 호,

아마 그 무렵일 거야
웃음소리는 누군가의 숨을 대신 쉬어 주는 소리라는 걸
알게 된 때가,

내가 웃지 않으면 누군가는 숨을 쉴 수 없다는 걸 알게 된
때가,

왜 전동차 문은 늘 내가 달려가는 속도보다 빠르게 닫힐까

늑대가 나타났다

나는 우리를 향해 달리기 시작합니다

틈과 틈을 못질해 지은 우리여서 덜컹덜컹거립니다

우리를 뜯어내거나 넘지 못하고 문을 통해 들고날 수 있습
니다

누구도 우리를 스스로 열고 닫을 수 없습니다

우리 안에는 같은 울음소리를 갖고,
발톱을 구두굽처럼 깎은 짐승만 들 수 있습니다

종종 우리 문이 닫힌 흉내만 내도
누구 하나 문을 밀어 보거나 당겨 보지 않습니다

우리 문은 닫히기 시작했는데,

네 개의 발로 달린다 해도
문이 닫히는 속도를 따라잡지 못할 것 같습니다

미처 내가 우리 안에 들지 않았는데,
우리 문은 왜 저렇게 빠르게 닫히는 겁니까

누군가 넘어져 늑대의 아가리 같은 문에 물어뜯기는 틈이
생기면 모를까

마침내 내가 우리 안에 들었는데,
우리 문은 왜 이렇게 느리게 닫히는 겁니까

우리 안의 마음은 벌써 닫혔는데요

우리 안에 들지 못한 인간이 우리의 틈으로 우리 안을 들
여다봅니다

우리 누구도 문을 닫지 않았습니다
우리가 문을 닫았을 뿐입니다

허수아비

일찍 아비가 없는 우리 집에서는 당신이 아비였습니다

젊은 아비가 벗어 놓고 간 셔츠를 입고,
어린 큰형이 벗어 놓고 간 모자를 쓰고,

헐렁하면 헐렁하게,
째면 째게,

벌써 버렸어야 할 것들을
아직 버리지 못하는 당신

아비 모양을 한 아비였습니다
사람 모양을 한 사람이었습니다

사는 모양을 하고 살았습니다

당신이 내게 해 준 게 뭐가 있습니까
서 있기만 하지 않았습니까

당신이 서 있기 때문에 내게 내려앉지 않는 것들

뼛속에 바람이 부는 참새
사랑을 지저귀는 천사
한 줌 낟알 같은 희망

서 있는 것만으로도 무서운 아비가 있는가 하면,
당신은
서 있는 것만 해서 무서운 아비였습니다

옷을 벗으면
뼈를 막대기처럼 묶은
허술한
십자가였습니다

나는
당신에게

기도 모양을 한 기도를 하고,

당신은
내게
사랑 모양을 한 사랑을 하고,

접촉사고

스치기만 했는데 상처가 납니다
닿기만 했는데 상처가 납니다
닿지도 않았는데 상처가 납니다

나를 스쳐 간 시간 때문에 길게 긁히고,
나를 닿기만 한 희망 때문에 나만 보이는 상처를 입고,
나를 닿지도 않은 당신 때문에 더 아프다 소리칩니다

시간이
나를
만지듯
스칩니다

희망이
내게
스멀스멀 굴러와
부딪힙니다

당신이
나를
만난 건,
닿은 겁니까
닿지 않은 겁니까

서로 가만히 있는데 서로 닿습니다

시간이나 희망처럼
당신도
나를 주시하지 않고 기억 속을 걷는 사람에게 한눈팔지
않았습니까

당신 눈에는 이게 보이지 않습니까
같은 말만 반복하는 싸움이 있습니다

서로 보이지 않는 서로의 상처가 있습니다

길게 늘어선 차들이 더디 빠져나갈 때,
더 아프다
소리칩니다
더 아픈 편이 되어 달라고,

시간도
희망도
당신도
나도
쌍방과실일 뿐인데,

저울

나는 저울에 올라 행복한 적이 없습니다

저울에 오르기를 구름의 계단을 따라 천국으로 오르는 것
보다 힘들어합니다 그런데
왜 나는 저울에 오르고 싶은 마음을 참지 못할까요

희망을 참지 못하듯,

희망을 열쇠나 가방처럼 내게서 내려놓을 수 있으면 좋겠
습니다

벗을 수 있는 건 전부 벗습니다
왜 부끄러움은 끝내 벗지 못할까요

가장 큰 동작부터 가장 작은 동작까지 모두 멈춥니다
길게 앓는 사람에게 숟가락을 드는 동작이 얼마나 무거운
지 아니까요

남자가 손을 드는 동작만으로 저울의 바늘처럼 떠는 여자
를 본 적 있습니다

　입을 다물어야 합니다
　가벼운 말이 얼마나 무거운지도 아니까요

　나를 작게 접으면 가벼워질까요 나는
　작게 접힌 사람을 가볍게 보니까요

　숨을 참으면 몇 모금의 무게가 가벼워지지 않을까요
　아예 숨을 참은 엄마는 천국으로 둥둥 떠올랐으니까요

　천사처럼 착한 생각만 하며 저울에 오르면 뒤꿈치에서 날
개가 파닥거릴까요

　저울의 바늘이 시계의 바늘처럼 멈추지 않는다면 나는
　희망을 멈추지 않겠습니다

무거운 희망, 가벼운 희망 전부 짊어지고 저울에 오릅니다

자, 이제 저울에 올라가겠습니다
모두 내게서 멀리 물러나 주세요

남탕

대롱거리는 곳에 먼저 눈이 갑니다

매달려 대롱거리는 것이 저 늙은 남자의 몸에서 가장 활
발히 움직이는 곳입니다

떨궈도
떨어지지 않는,

오래
불려
흐물흐물한,

아직 껍질 안에 알맹이가 남은 곳
아직 몸에서 무게가 남은 곳

축 처진 곳
축 늘어진 곳

하지만
아직
바닥에 닿지 않는 곳

씻는다, 말하기보다 양말처럼 빤다, 말해야 할 것 같은,

평생 그의 몸을 지배하다 머리처럼 새하얗게 세어 버렸습
니다

주머니에 손을 넣고 남은 구슬을 만지작거리듯,

감추며 씻는 곳
오래 씻는 곳

바람 불어 놓은 풍선처럼 아무리 꼭지를 딱딱하게 묶어도,
밤이 지나는 동안
실패에서 풀어지는 실처럼
바람은 빠졌습니다

하지만
한쪽이 한쪽을 바라듯
아직
바람의 무게가 남은 곳

고양이 무게를 재는 법

사람이든 짐승이든
접시에 오른다는 건 무서운 일입니다

접시에 오르지 않기 위해 발톱을 세웁니다

그렇게 울어 몸이 젖으면 더 무거워질 거야

너도 네 무게를 들키고 싶지 않구나

무게를 들킨다면
밥이 줄 수도 있으니까요
약을 먹을 수도 있으니까요

고양이를 접시 위에 올려놓고 손을 뗄 수 없습니다
누군가 내게서 손을 뗀 적 있으니까요

그럼 함께 접시에 오르자
가슴 안에서는 발버둥쳐도 좋아

너를 더 끌어안을 테니,

이 무게는
네 무게도,
내 무게도,
아냐
우리의 무게일 뿐이야

우리에서 나를 빼지 않으면,
우리에서 너를 빼지 않으면,

제 아픔의 무게를 들키고 싶지 않을 때,
우리는 서로 끌어안습니다

이 아픔은
네 아픔도,
내 아픔도,
아냐
우리의 아픔일 뿐이야

보물찾기

어떻게 찾는가, 보다
어떻게 숨기는가, 가 중요합니다

돌 밑에 캄캄하게 숨기지 않고,
꼬리를 밟히게 숨겨야 하고,
아주 손이 닿지 않는 꼭대기 아닌,
아마 발뒤꿈치를 들면 잡힐 듯
숨겨야 합니다

시작하자마자
아무나 찾거나,
끝날 때까지
아무도 못 찾게 숨기면 안 됩니다

한꺼번에 찾지 않고,
하나씩 찾게,

누구나 당첨되거나,

누구도 당첨되지 않는다면
편의점 유리벽 속에서
신의 숫자를 달라
기도하는 사람이 있을까요

신은 행운을 어떻게 숨겨야는지, 귀신처럼 알고 있습니다

신이 호루라기를 길게 불 때까지,

금방 시시하지 않게,
끝내 포기하지 않게,

그렇게 내게도 숨겨 놓았겠죠

집으로 혼자 돌아가는 길
　나를 닮은 수상한 돌멩이를 발로 툭, 툭 차 보는 버릇이 있
습니다

공

여자가 고무공을 던지자 날아가는 고무공을 향해 달리기 시작하는 개 그 순간

나무 그늘을 걷던 내 뒤꿈치도 함께 들썩거렸다는 것

제 속도를 이기지 못해 앞으로 굴러 버리는 개보다 더 빠르게 달리고 싶었다는 것

그게 누구든 달리기 시작하면 나도 따라 달려야 한다는 것

행성의 어느 광장에서 총소리가 탕, 울리면 일제히 어디로든 달리기 시작한다는 것

손으로 머리를 감싸고,
그게 머리를 지켜 줄 거라는 듯

어디를 향해 달려야 하는지는 광장을 벗어난 다음에 생각할 일이라는 것

어제 비워진 광장이 오늘 다시 채워진다는 것

총알보다 빠르게 달려가고 있다는 것

총알이 나만 따라온다는 것

어서 빨리 누구라도 명중시키길 바랐다는 것

사람 뒤에 숨고 싶어졌다는 것

밖을 부르는 안

예식이 끝나고 기념 촬영이 시작됩니다

행진을 마친 신랑 신부는 텅 빈 사진 안으로 가장 먼저 들어가 안을 채웁니다

신부의 엄마가 사진 밖 이모를 부르고 고모부를 부릅니다
신랑의 엄마가 사진 밖 당숙모를 부르고 재종질을 부릅니다

안의 목소리가 밖을 부를 때마다 밖은 일제히 뒤돌아 안을 바라봅니다

밖은 모두 안이 밖을 부르는 줄 아니까요
밖은 모두 멀리라도 안을 아는 사이니까요

밖이 더 밖으로 나가는 기분을 압니까
안은 그런 밖이 안쓰러운 겁니다

밖은 아니라면서도 안으로 들어갑니다

밖은 안의 안입니다

더 먼 밖이 더 가까운 안을 채울 때까지
안은 밖은 보내지 않고 시간만 보냅니다

당신이 비누를 고르는 법

거품이 풍성하게 일어야 한다고,

얼룩진 얼굴을 문지르는 세숫비누도,
지지 않는 때를 주물거리는 빨랫비누도,

찬물에도 거품이 끓어 넘치듯 일어야 한다고,
마른 거품만 일다 부서지는 비누 말고,

두 손을 거품 속에 깊이 넣고 주물주물 묵은 때를 주물러
야 한다고,

통증을 주무르듯 주물러야 한다고,

당신을
누군가
오래
지나갈 때,

그런 찌든 때가 거품처럼 부글부글 끓어올라야 한다고,

때가 질 때까지 거품을 헹구고 또 헹궈야 한다고, 그래야

씻는 맛이 난다고,
뽀득뽀득하다고,
개운하다고,

당신 검은 얼굴에서 때때로 웃음이 거품처럼 일고,
나는 눈이 맵다

거기도 정전이야?

8월의 밤 정전이 되면 도시 저편에 전화를 걸어
거기도 정전이야?
거기도 거울이 깜깜해 너를 비추지 않아?

8월의 밤 정전이 되면
창밖을 내다보며 먼 창문들의 어둠을 헤아리지

거기도 주차장으로 나와 불 꺼진 하늘을 올려다보는 사람
들이 이렇게나 많아?

거기도 어둠을 더듬고 있니?
어둠 속에서 너는 나에게 고개를 끄덕여 주고 있겠지?

내가 내 집을 훔치러 온 도둑처럼 어느 서랍에 양초가 있
는지 모르겠어

그러나,
어둠 속에서는 움직이지 말자

어둠 속에는 모서리가 가득해

너는 나에게
나는 너에게
가만히 있자

불이 돌아왔을까
나는 너의 소식을,
너는 나의 소식을,
깜깜하게 기다리자

너의 복숭아색 눈꺼풀을 깜빡이면 불이 돌아오고,
나의 거울에 나도 돌아오고,

그때까지 멀리서 함께 하염없자
우리를 어둠 속에 덩그러니 놓아두자

8월의 밤 정전이 되면 도시 저편에 전화를 걸어

거기도 정전이야?

네가 네 방의 불을 끄는 줄도 모르고,

도큐하우스

파장을 만들지 않으려 우리 중 하나의 귀에 대고,
먼저 갈게
떠난 누군가 있다

음악이 깨질 듯 잔을 부딪치고, 팝콘처럼 웃음을 터트리
며 넘치는 거품처럼 취해 가는 사이 누군가 떠난 자리를 우
리가 조금씩 나눠 앉아 왼쪽으로 오른쪽으로 고개를 돌릴
때 조금씩 헐거워졌다는 걸 눈치채지 못한 채, 우리의 대화
가 한 사람의 몫만큼 줄었다는 것도 모른 채, 그래서 우리의
소란 사이 알 수 없는 틈이 생겼다는 것도 모른 채,

우리는 어느 순간부터 누군가의 이름을 부르지 않고 있다
는 걸 눈치채지 못한 채,

떠난 줄 몰라 아직 함께 빈 술을 마시는 누군가 있다

떠난 누군가의 술을 더 나눠 마시고 더 나눠 취하는 줄도
모르고,

선화동 콩나물밥집

밥풀을 얼른 주워 입에 넣는 건, 누구한테도 당신의 가난한 시간을 들키지 않기 위함이라 생각할 수도 있겠습니다만, 밥풀을 얼른 주워 두리번거릴 새도 없이 입에 넣는 건, 바닥에 떨어진 밥풀이 제가 대접 밖으로 밀려난 걸 눈치챌 새도 주지 않기 위함입니다

밥풀은 제가 대접 밖으로 밀려나 식탁에 흘린 밥풀이라는 걸 알게 되면,
밥풀이 밥풀떼기가 되는 기분일 테니까요

당신은 밥풀의 기분을 아는 사람

대접 속에서 식은 밥이 콩나물과 얽히고설키며 간장의 맛으로 물들어 갈 때,
밖으로 밖으로 밀려난 밥풀

그 밥풀의 허연 기분을 아는 사람

얼마나 푸짐하게 밥을 담는지 흘린 밥풀만 먹어도 배가
부르다는 당신

밥을 달래듯 비비래도,
배곯은 사람이 누굴 달랠 시간이 어디 있겠니,
침이 고인 웃음을 웃는,

그런 당신을 얼른 주워 입에 넣고 싶은,

후지필름

옛날에는 스물네 방 서른여섯 방 필름이 있었잖아
비밀이 어둠처럼 돌돌 감겨 있는 필름이 있었잖아
빛이 들어가면 그 안에 있던 비밀들을 모두 버려야 하던
때가 있었잖아

네가 찍은 나의 얼굴들을 내가 지울 때,
너는 말한다

그때는 좀 후진 때였어 그치
그때 사람들을 지금 보면 후져 보이잖아
나팔을 어떻게 바지로 입나, 그치
사랑하면서 어떻게 손을 잡지 않나, 그치
말하는 나에게
너는,

그때는 얼굴을 함부로 지우지 못했어
딴 데를 보고 있거나,
아예 눈을 감은 얼굴이라도,

슬픔처럼 보이는 웃음이라도, 그래서
오래 남겨 두고 싶지 않았더라도,

한 방 한 방 방아쇠를 당기듯 찍어 주었거든,

하긴 그때 지우지 못한 얼굴을 보면,
한 방 한 방 가슴에 구멍이 나기는 하더라, 그치

제주석물원

석공은 얼굴에 웃음을 가장 나중에 새긴다 해요
얼굴에 웃음을 새겨 넣는 일은 숙련된 석공만이 할 수 있다 해요
눈에 웃음만 남기고 눈에 박힌 울음의 조각들을 쪼아 내는 일이라 해요
입술이 돌을 물고 웃을 때까지,
코가 돌의 냄새에도 웃을 때까지,
순한 정으로 사나운 돌조각을 쪼아 내야 한다 해요
사실 웃는 얼굴에 제일 많은 정 자국이 담겨 있다 해요
사실 돌이 웃을 때까지 기다려 주는 일이라 해요

웃음이 쉬운 내게는 웃기는 설명이었으나,

한 접시 2만 원짜리 뿔소라를 먹자며 돌섬의 테두리에서 해녀들이 물으로 오르기를 기다릴 때, 물으로 오른 늙은 여자가 지느러미 같은 발로 검은 돌을 밟으며 소금 바람에 녹슨 오토바이가 세워진 길까지 걸어 나올 때, 그녀가 허리에 찬 납덩이를 뼈 부딪치는 소리를 내며 풀 때, 몸에 달라붙는

고무 옷에 걸려 얼굴이 빠지지 않을 때, 마침내 질긴 고무 옷에서 빼낸 얼굴에서 나는 보았어요

　구멍 가득한 얼굴에 새긴 웃음을요

차귀도

　정상이 몇 미터 남지 않은 곳에 선착장으로 향하는 오른쪽 길과 정상으로 향하는 왼쪽 길,
　갈림길이 나왔습니다

　정상을 포기하고 오른쪽 길로 한 걸음 한 걸음 걸어 내려갈 때,
　정상이 한 걸음 한 걸음 우리를 쫓아와 붙잡고,
　우리는 끝내 돌아서 정상으로 오릅니다

　우리는 왜 정상을 포기 못합니까

　막배가 우리를 두고 떠날 수도 있는데 말이에요

　정상에서 불에 탄 돌멩이 하나 주머니에 넣어 오지 못하면서 말이에요

　정상에 너를 올려놓고 바쁘게 사진만 찍고, 나는
　내려가자

서두를 거면서

내가 정상에서 본 건 너밖에 없어

우리는 왜 점점 좁아지는 정상에 오르는 걸까요

오르고 올라도 숨만 차오르는데도,

좁은 정상에 올라
서로 정상 밖으로 떨어지지 않게
몸에 몸을 붙이고,
팔에 팔을 묶고,

어떤 위로

죽은 아들이 꿈에 찾아오지 않는다고,
혹시 너의 꿈에는 찾아오니?
빈 눈으로 친구의 어머니가 물었습니다

사진을 저녁 내내 들여다보다 이마에 떨어뜨리고 잠들어
도 꿈에 찾아오지 않는다는 어머니에게,

어제도 내 꿈에 찾아왔다고,
아프리카의 춤을 추며 모닥불이 사그라들 때까지 보름달
을 빙빙 맴돌았다고,
빨간 불씨를 품고 있는 모닥불 자리에 오줌을 누며 낄낄
거렸다고, 염려 놓으시라고,

어떤 안부는 대신 전하는 것만으로도 섭섭하다는 것도 모
르고,

어머니, 내 꿈으로 찾아오세요 내 꿈에서 숨바꼭질하는
그 아들을 찾아 줄게요

어떤 초대는 초대받은 사람을 망설이게 한다는 것도 모르고,

꿈에 어떤 사람이 찾아온다는 게 자랑이 될 수도 있지만,
내 꿈에만 어떤 사람이 찾아온다는 게
또 다른 어떤 사람을 외롭게 할 수 있다는 것도 모르고,

그믐밤 춤을 출 때는 엄마의 꿈에 한번 다녀오라, 전해 줄
게요

어떤 위로는 하면 할수록 더 아파진다는 것도 모르고,

우리가 울린 게 아닐까

　그와 마지막 인사를 나누는 병실에서 우리는 아무리 마른 이야기에도 쥐어짜 내듯 웃었다 느닷없이 끼어드는 침묵에도 웃었고 잠깐이라도 웃음에 틈이 벌어지면 안 된다는 듯, 그렇게 웃는데도 그는 그 틈을 비집고 울음을 터트리고, 우리는 서둘러 울음의 반대편에 모여 있는 문장들을 골라낸다는 게, 올가을 단풍잎에는 더 붉은 색깔이 찾아올 거래 환경 단체 회원으로 가입할까 고민이야 아무 말이나 가슴에서 꺼내다 바닥에 떨어트리는 것인데, 그의 울음 울고 싶어 하는 입을 웃음으로 막아 버리고 막아 버려도, 다시 그가 울음을 터트렸을 때,

　병실 문을 열고 그의 아버지가 들어왔다

　죽고 싶지 않다
　엉엉 우는 그를 목격한 그의 아버지에게
　우리는,

　우리가 울린 게 아니라고,

우리가 이런 게 아니라고,

아버지의 얼굴이 무섭도록 슬프게 찌그러지고 있었으니까

정말 우리가 울린 게 아닐까

우리한테
좀 더 있다 가,
조금만 더 있다 가,
말끝마다 붙잡는 그 모르게
시계를 보고,
눈빛을 교환하던,

우리가 울린 게 정말 아닐까

공포탄

다섯 명의 사형집행관들에게 다섯 자루의 총이 지급된다
그중 한 자루의 총에는 공포탄이 장전되어 있다는 믿음
때문에

다섯 명의 사형집행관들은 방아쇠를 당길 수 있다

스무 발자국 앞에 묶여 있는 건, 호박이나 깡통이 아니기
때문이다

첫발이 아직도 발사되지 않아 사형집행이 끝나지 않는 20
세기의 형장이 있기 때문이다

사형수의 가족이 형장의 담장 너머에서 아직도 울음을 시
작하지 못하고 있기 때문이다

분명 한 자루의 총에 공포탄이 장전되었다 했으나,
공포탄을 발사한 사형집행관은 다섯 명이다
그런데,

왜 사형수의 가슴에 박힌 수번에 붉은 피가 배어 나올까
왜 사형수는 가슴에 다섯 개의 구멍이 난 사람처럼 쓰러질까

왜 사형수는 다섯 개의 심장을 가지고도 서 있지 못할까

공포탄이 장전되었으므로
다섯 명의 사형집행관은 가늠쇠 끝에 사형수의 심장을 올
려놓기 위해
한쪽 눈을 감을 수 있었을까

공포탄이라도
사람의 심장을 향하면 총을 들어 올릴 수 없을 만큼 무겁
지 않을까

공포탄이라도
사람이 사람을 향해 방아쇠를 당기면 심장에 구멍이 나는
건 아닐까

푸른치과

내가 당신 무릎에 누워
아—
입을 벌리면 당신
내 입 속으로 빨간 체리를 넣어 주려나,

나는 입을 아— 벌리고 귀먹은 19세기의 음악이 흐르는
시간 동안 생각합니다

왜 새콤한 체리를 기다리는 입 모양과
아픈 소리를 내는 입 모양과
낮을 횡단한 짐승들이 흘린 핏물이 스며드는
수평선을 바라보는 입 모양은 닮은 걸까

아—
입을 다물지 못하는 아름다움은 차라리 통증이 아닐까요

새콤은 아픈 맛

아름다움을 앓습니다.

통증이 살아날 때,
바깥의 옷자락을 꼭 그러쥐듯
아름다운 풍경을 바라볼 때,
내 애인들을 그리워합니다

혼자 오는 것이 아니었어

바람을 가슴주머니에 넣고 다니며 입 속에 넣어 주는 사람

상처에 바람이 불 때,
노을에 바람이 불 때,
왜 입 모양은 더 큰 동그라미가 되는 걸까

그래요 거기요 거기가 아파요
웅얼거리는 소리로 대답하고 싶어요

사과를 한 입 베어 물고 사과에 박힌 내 잇자국을 바라봅
니다
누군가를 베어 물지 않고는 내 잇자국을 바라볼 수 없는
걸까

아—
입을 벌려 당신이 넣어 주는 체리를 기다립니다

입 속으로 둥근 칼 모양의 초승달이 들어온대도 나는 입
을 다물지 않을 거예요

달빛을 입 안에 가득 머금고 오글오글 헹구고 싶어요

당신의 인사는 나를 두근거리게 합니다
아— 해 보세요

리누갤러리

그는 길이 끝나는 무렵에 청교도풍의 음악을 한 채 지었다

처마에는 투명한 음표 같은 빗방울이 떨어지고, 창문은 금관악기처럼 황금빛 햇살을 연주하는, 그리고

나를 그 음악으로 초대해 누구나 여자처럼 앉는 자세가 된다는 소파에 앉으라 했다

빅토리아시대의 찻잔에 새겨진 꽃잎을 우려낸 차를 쪼르륵 따라 주며,

너의 시간이 가장 뜨거운 때부터 가장 차가운 때까지 앉아 있어도 돼

나는
천장이 뾰족한 음악 속에 앉아,

왜 사형수가 걸어가는 녹색 융단이 깔린 복도를 떠올렸을까

그가 따라 준 두 번째 차가 입에 머물다 사라진 뒤,
인도 수도승의 뼈를 태운 재를 우려낸 맛이 나요, 내 몸의
뼈들이 그 수도승의 뼈를 그리워하기 시작했답니다

그는 찻잔을 접시에 내려놓을 때마다 꽃잎들의 모서리가
부딪혀 붉은 향기가 흘러나온다며,

입에 머금은 한 모금의 차를 천천히 몸속으로 흘려보내며
찻물이 몸의 가장 먼 곳까지 흘러가는 길을 따라가 보라고,
내 몸에는 내가 한번도 가 보지 못한 곳이 차고 외롭게 나를
기다리고 있다고, 내가 혼자 들어간 이불 속에서 몸을 외롭
게 떨 때가 있다면, 그건 내 몸에서 차고 외롭게 앓고 있는
장소와 시간 때문이라고,

그는 내 몸속을 흘러가는 찻물이 식을 때마다 새로 데운
찻물로 늦봄을 우려내고, 여름 복숭아를 우려내어 내 찻잔
에 쪼르륵 따라 주었다

내 몸이 더는 식지 않고 더운 채 머물 무렵,
그는

온 길로 가지 말고 오지 않은 길로 가 보라며 아카시아 숲
속 낚시터가 비밀처럼 숨어 있다는 길을 안내해 주었다

경사로 가득한 길을 오르며,
이 길이 맞을까
그가 말한 길이 맞을까

그 속으로 더 깊이 들어가고 있었다

덤덤

그 여름 엄마의 건어물 좌판에서 보았다 빨간 플라스틱 바가지에 마른 새우를 산처럼 담고 그 위에 한 줌 덤을 더 얹어 놓는 엄마 '그렇게 퍼 주면 우리 집은 무얼 먹고 사나요 엄마.' 내 안에 어른이 자라고 있었으니까

그 여름 엄마의 건어물 좌판에서 보았다 엄마가 한 줌 더 얹어 놓은 마른 새우가 우수수 흘러내려 바가지 밖으로 쏟아지는 모습을, 우수수 흘러내리는 마른 새우를 보며 빨간 플라스틱 바가지 같은 몸 밖으로 웃음이 흘러내리는 엄마를,

한 줌 더 얹어 준 것도 없는데 한 줌 더 가져가는 손님

신이 외로움으로 빚은 인간의 머리 위에 한 줌 축복을 더 얹어 놓으면 우수수 흘러내리는 축복

신도 빨간 플라스틱 바가지 같은 인간의 몸에서 우수수 흘러내리는 축복을 보며 웃었을까

한 바가지는 한 바가지일 뿐,

한 줌 더 얹어 준 슬픔도 없는데 한 줌 더 가져가는 슬픔
때문에
눈물이 주르륵 흘러내린다는 걸,

우리는 누군가의 울음을 훔쳐 울고

나에게는 울지 못하는 병을 앓는 아이를 둔 친구가 있습니다

몸이 한 그루 고무나무처럼 자라는 아이를 보며 나는,

네 아이가 웃는 얼굴 때문에 3월이 오고 또 봄이 오는 것
같다, 말하면 친구는

딱딱해져 가는 몸 때문에 얼굴에 웃는 표정 하나만 겨우
남은 아이가 어떻게 우는지 너는 아니?

웃음으로 울어
더 크게 아플수록 더 크게 웃어

3월의 봄이 오는 날은 아이가 얼마나 아픈 날이겠니,

그런 날 아버지는 4월의 봄이 올 만큼 웃음으로 울어

우는 얼굴을 보여 주면 우는 얼굴을 부러워할까 봐 세상

에는 부러워만 할 수밖에 없는 일들이 너무 많다는 걸 알아 버릴까 봐 하물며 울음조차 부러워할 수밖에 없다는 걸 알아 버릴까 봐

주삿바늘이 손등으로 다가올 때, 물풍선처럼 울음을 터트리고 더듬이 같은 손을 뒤춤에 숨기고 엄마 품으로 더 깊이깊이 파고들어야는데, 우리 애는 바늘이 손등을 찔러도 웃어 그게 아이 얼굴에 남은 하나뿐인 표정이니까 거울처럼 깨질 듯 웃어

지난밤 순대를 먹으며 내 앞에서 눈물을 흘렸으나 눈앞에 없는 아이에게 들키기라도 할까
도둑처럼 눈물을 훔치던 친구는,

아픔 없이도 눈물이 흐를 때,
누군가 눈물도 없이 아파하고 있는 건지도 모른다고,

우리는 누군가의 울음을 몰래 훔쳐 울고 있는 건지도 모른다고,

공터

늙은 남자가 토마토 나무에 나무 막대기를 세워 묶어 주고 있습니다

남자의 아내는 지난여름 자전거를 타고 저녁 밥때를 향해 달려가다 배수로에 거꾸로 빠져 세상을 떠났습니다

동네 사람들은
여자가 혼자되면 모를까, 남자가 혼자되면 얼마 가지 못한다고,

남자가 아침저녁으로 마르고 비틀고 검게 타드는 모습을 지켜보고 있습니다

여자가 더 살아야 한다고,
죽어도 하루라도 더 살아야 한다고,

죽은 나무 막대기가 산 토마토 나무를 쓰러지지 않게 하는 겁니까

산 토마토 나무가 죽은 나무 막대기를 쓰러지지 않게 하
는 겁니까

공터마다 그냥 두지 못하는 혼자된 신이 있어
죽은 사람과 산 사람을 끌어안듯 묶어 주고 있다고,

죽은 사람 때문에 산 사람은 쓰러지지 못하고,
산 사람 때문에 죽은 사람도 쓰러지지 못하고,

서 있는 채 죽고,
죽은 채 서 있고,

마라도

이 섬으로 출발하는 배에 오를 때는 모자를 쓰고 오르지
말아야 합니다

만약 모자를 쓰고 배에 오른다면 당신은 이 섬에 첫발을
딛는 순간부터 모자를 손으로 꾹 누르며 당신을 눌러야 할
거예요

종종 이 섬에서는 바람에 날려가는 모자를 따라 몸이 붕
떠오르는 여자를 붙잡으려 손을 뻗는 남자를 목격할 수 있
습니다

이 섬에서는 "눈물을 흘린다" 말하지 않고 "눈물이 날린
다" 말합니다

술값을 갚아도 그만, 말아도 그만이라는 이름의 유래
가 이 섬이 끝이라 그럴 거라고, 끝에 부는 바람 때문일
거라고,

검은 돌로 쌓은 담에는 구멍이 많아 바람이 담을 연주한다고, 담은 바람에 따라 흔들려야 천천히 무너지며, 바람에 날려간 섬사람들의 표정들 때문일 거라고도 생각합니다

당신은 어제 습도 99.9퍼센트의 용암동굴 속을 걸어가며, 우리가 지금 물방울 속을 걸어가고 있는 거야? 물었고, 나는

우리는 지금 불타는 돌이 흘러간 길을 걸어가고 있는 중이야 대답했습니다

그러니 오늘 내가 당신에게 주었던 마음을 가파도 그만, 마라도 그만이라 말해 주고 싶어요

이 섬의 바람을 맞는 사람은 자신이 절벽 쪽으로 한 걸음씩 걸어가고 있다는 걸 발견하고 소스라치게 놀랍니다 그래서

이 섬에서는 세 명의 신이 사는 세 개의 집을 방문할 수도 있습니다 그 집에 들어가면 소라껍데기를 귀에 대어 볼 때 나는 바람의 기도 소리가 들립니다

끝에 서면
왜 우리는 정동쪽이 어디인지, 정남쪽이 어디인지 묻는 버릇이 있는지,
태어나 한번도 움직이지 않았다는 별도 바람에 날아가 버렸나 봐
당신은
빈 하늘을 올려다보며 빙글빙글 돌고,

당신과 나는 섬의 테두리만 걷고 있는 줄도 모르고,
탄성을 지르고 입을 벌려 바람을 꿀꺽꿀꺽 마시고,

매듭법

그러고 보면 배에는 유난히 밧줄이 많습니다 흔들리는 것들은 모두 배에 묶어 두어야 하니까요 배에서의 사고는 바다에 빠지는 것보다 흔들리는 것들에 부딪히는 사고가 더 많습니다 거인족의 배가 바다에 떠다니는 얼음의 산과 부딪쳐 기울 때, 바이올린 연주자의 복음성가와 어린 남매의 기도와 삼등칸 화가의 사랑처럼,

묶여 있지 않은 것들은 기울어지는 쪽으로 한꺼번에 쏟아져 내릴 테니까요

훌륭한 선원은 배에 실린 것마다 다 다른 밧줄의 매듭법을 숙련한 사람입니다

나침반의 북쪽을 묶는 매듭법과 물에 빠진 사람을 향해 던져야 하는 구명튜브를 묶는 매듭법의 차이점을요

배가 흔들릴 때, 나침반의 북쪽을 묶어 놓은 매듭이 풀어진다면 배는 어떻게 항구에 도착하겠어요

폭풍이 몰아쳐도 매듭은 풀리지 않아 나침반의 북쪽은 배와 함께 침몰해야 하고,

'사람 살려' 목소리만으로도 구명튜브를 묶어 놓은 매듭은 풀려야 합니다 그러지 않으면
손톱이 빠지도록 매듭을 푸는 동안 배에서 멀리 떠내려가는 사람을 바라만 봐야 할 수도 있습니다

지난여름,
호스피스 병동에서 만난 그녀는 가운데가 매듭진 한 줄기 호스 같았습니다

똥이나 한 바가지 쌀 수 있다면 죽어도 좋겠어

몸의 매듭이 풀리지 않는 그녀는 내 앞에서 처음으로 상스러운 말을 입에 담았습니다

나는 눈물이 흐르는 것보다 얼굴이 붉어졌습니다

내 몸의 매듭을 내가 풀고 가는 삶은 얼마나 시원할까

그녀는 나를 매듭처럼 끌어안고 끝내 풀지 못하였습니다

지난여름,
우리는 사람과 사람을 묶는 매듭법을 알지 못하였습니다

장난감 기차, 기차 떠나간다

열여섯에 아들을 낳은 형탁이는 아들을 고향집 아버지에게 맡긴 지 4년이 넘도록 찾아가지 않는다

형탁이 아버지는 그 새끼 얼굴만 떠올라도 치가 떨린다며 한때는 술 취한 노을 같은 뺨으로 마루에 오르자마자 얼굴을 비비던 그 새끼를 욕한다 한번 보고 싶지 않냐 물으려다, 치가 떨린다, 할 때 치는 몸의 어디일까 생각을 시작하는데, 형탁이가 언제 돌아왔나, 싶은 남자애가 이쪽 방에서 저쪽 방으로 장난감 기차처럼 달려간다 동네에 도둑이 들었다는 소문이 돌면 이유 없이 며칠 얼굴이 보이지 않던, 그 새끼가

저쪽 방에서 이쪽 방으로 달려오는 기차를 붙잡고 기차의 심장을 가슴속에 넣으려는 듯 꼭 끌어안는 형탁이 아버지를 보고,

점점 더 그 새끼를 닮아 간다고,
오늘은 웃음을 빼다박고,
내일은 울음을 빼다박을 거라고,

먼 훗날, 아버지를 제멋대로 사랑하고 떠나는 것까지 빼다박을 거라고,

그렇게 하루하루 그 새끼가 돌아오고 있다고,

형탁이 아버지는 그 새끼 얼굴을 보지 않으려 그 새끼를 꼭 끌어안는 것 같다고,

이름

엄마는 늘 내 몸보다 한 사이즈 큰 옷을 사 오시었다

내 몸이 자랄 것을 예상하시었다

벚꽃이 두 번 피어도 옷 속에서 헛돌던 내 몸을 바라보는
엄마는
얼마나 헐렁했을까

접힌 바지는 접힌 채 낡아 갔다

아버지는 내가 태어나기 전 이름을 먼저 지으시었다
내가 자랄 것을 예상하여
큰 이름을 지으시었다

바람의 심장을 찾아 바람 깊이 손을 넣는 사람의 이름

천 개의 보름달이 떠도
이름 속에서 헛도는 내 몸을 바라보는 아버지의 눈에서

까마귀가 날아갔다

내 이름은 내가 죽을 때 지어 주시면 좋았을 걸요

이름대로 살기보다 산 대로 이름을 갖고 싶어요

내 이름값으로 맥주를 드시지 그랬어요

나도 내 이름을 부르지 않는 걸요

아무리 손을 뻗어도 손이 소매 밖으로 나오지 않는 걸요
이름을 한 번 두 번 접어도 발에 밟혀 넘어지는 걸요

한번도 집 밖으로 나가 보지 못한 이불처럼 이름이 있다

하루 종일 내 이름을 부르는 사람이 없는 날 저녁이면 나는
이름을 덮고 잠을 잔다

뒤척이며 이름은 나를 끌어안고 나는 이름을 끌어안는다

잠에 지친 오전
새의 지저귐이 몸의 틈이란 틈에 박혔을 때,

이름이 너무 무거워 일어날 수 없을 때,
나는 내 이름을 부른다

제발 나 좀 일어나자

슬픔의 강을 따라 흥얼대는 노래

이경수 (문학평론가)

슬픔의 강을 따라 흥얼대는 노래

1

서진배의 시는 결핍에서 온다. 아픈 가족사와 그 중심에 있는 어머니, 그리고 벗어날 길 없는 가난. 흔하다면 흔한 사연일 수도 있지만 결핍의 시간을 지나며 거기서 꽃핀 것이 서진배의 시다. 그런데 서진배 시에 돌올한 개성을 입힌 것은 마음을 돌볼 줄 아는 예민한 시선에 있다. 결핍에 아파하고 괴로워했던 시간을 견딘 이에게만 허락된 시심이 서진배의 시에 단단하면서도 따뜻한 숨결을 불어넣는다.

서진배의 시에 짙게 드리운 슬픔과 페이소스는 삶의 고단한 체험에서 빚어진다. 가난에 익숙해진 서민들이 하루하루의 일상 속에서 경험하는 사소한 순간들에서 서진배 시인은 시적인 순간을 발견한다. 서정시가 오랫동안 내내 지켜 온 자리를 서글프지만 담담하게 그의 시가 지키고 있다. 아무렇지 않은 듯 내뱉는 담담한 전언은 지독한 슬픔과 지난한 아픔의 시간을 견디며 생성된 것이다. 서진배의 서정적인 시들이 종종 세상에 대한 알레고리로 기능하거나 아이러니를 품고 있는 까닭은 체험의 단단함에서 비롯된다.

"아프다, 말할 수 없는 아이로 자라,/ 아프다, 말해선 안 되는 어른이 되"(「서울가정의학과의원」)는, 아픔을 말하는 데서도 소외될 수밖에 없는 고단한 삶과 유전되는 가난이 서진배 시의 바탕을 형성한다. "더 먼 사람을 부르기 위해 더 멀리 울어야 한다는 걸 알게" 되고 "내가 웃지 않으면 누군가는 숨을 쉴 수 없다는 걸 알게 된 때"(「무릎의 무렵」)부터 시인의 운명은 시작된 것인지도 모르겠다. 시인의 운명이란 "손끝에 가시가 박"힌 것처럼 "만지는 것 모두 아픔으로 변하게 할 수 있"(「미다스의 손」)는 손을 가진 운명 같은 것이겠다. 서진배의 시는 만지는 모든 것에서 아픔을 느끼는 예민한 감각으로 슬픔을 연주한다.

2

서진배의 시에는 가난한 시적 주체가 몸을 부리는 장소와 공간이 자주 모습을 드러낸다. 일상에서 흔히 하는 체험을 허투루 지나치지 않는 서진배의 시적 주체는 다정하고 신중한 태도를 지니고 있어서 그런 주체가 몸으로 부딪치며 만들어 내는 시적 체험의 공간 또한 특별한 정서를 띠게 된다.

가난한 서민들은 살 곳을 찾아 자주 이사를 하게 되곤 한다. 빼곡한 빌딩 숲으로 가득해 겉으로는 풍요로워 보이는 도시에서의 부유하는 삶은 더욱 상대적 박탈감을 느끼게 한다. 집을 소유하지 못한 이들은 상황에 떠밀려 자주 이사를 다니는 신세를 좀처럼 벗어나기 어렵다. 계약 기간에는 자신의 집처럼 머무를 수 있지만 소유주가 아닌 세입자들은 을의 신세를 벗어나기 쉽지 않다.

셋집으로 이사하고 너는 가장 먼저 묻는다

이 집에도 못을 마음대로 박을 수 없겠지?
너는 벽을 똑똑 두드리며 사나운 벽과 순한 벽을 마음대로 고를 수 있는 우리 집으로 이사하고 싶다고,

못이 튈까, 망치로 못을 때릴 때마다 눈을 감으면서도 오래 때릴 수 있는 우리의 벽을 가진 집으로 이사하고 싶다고,

벽에 못을 박을 수 없는 셋집에서는 우리의 액자를 높은 곳에 걸지 못하고 바닥에 기대어 놓아야 한다고, 그래서

우리는 액자 속에서도 어깨를 기대는 버릇이 있는 거라고,

왜 우리는 이미 박혀 있는 못에만 시계를 걸어야 하냐고,

　이 집에 세 들어 살다 간 사람들은 왜 같은 높이에 걸린 시간만
살다 가야 하냐고,

　우리가 새로 못을 박는다면 집을 떠날 때,

　새로 박은 못을 모두 빼고 떠나야겠지?

　못을 뺀 자리에 껌이라도 붙이고 떠나야겠지?

　마음대로 상처 낼 수 없는 집은 우리의 집이 아니라고,

—「이사 2」 전문

　서진배의 시에는 어디에도 정착하지 못하고 떠돌아다니는 뜨
내기 인생의 애환이 잘 드러나 있다. 못 하나도 집주인의 눈치를
보느라 마음대로 박을 수 없는 세입자의 신세가 너의 목소리를
통해 전달된다. "벽에 못을 박을 수 없는 셋집에서는 우리의 액자
를 높은 곳에 걸지 못하고 바닥에 기대어 놓아야 한다". "그래서"
"액자 속에서도 어깨를 기대는 버릇"을 갖게 된 '우리'의 기울어진
공간 감각에 서진배의 시는 특히 주목한다.

　공간은 그 공간에서 살아가는 사람과 밀접하게 관계 맺는다.
이-푸 투안이 공간을 조직하는 근본 원리로 주목했던 인간 신체
의 자세와 구조, 그리고 인간들 사이의 관계는 서진배의 시를 읽

는 데도 참조할 만하다. "액자 속에서도 어깨를 기대는 버릇"은 남의 집을 전전하는 삶에서 비롯된 자세가 인간관계에까지 영향을 미친 감각임을 서진배의 시적 주체는 예민하게 포착한다.

「액자의 기울기」도 벽에 액자를 걸면서 누구나 경험하는 수평을 유지하는 감각의 차이가 신체의 감각에서 비롯된다는 사실에 주목한다. "액자는 기운 듯한데,/ 너는/ 왜 계속 수평이 맞다, 하는 걸까// 얼마나 더 물러서야 네 수평을 볼 수 있을까" 서진배 시의 화자는 의문을 품는다. "액자 속 네 얼굴이 내 얼굴 쪽으로 기울어 그런 줄도 모르고" 수평을 맞추기 위해 가까이 다가가서도 보고 물러서서도 보기를 반복한다. 기울어짐은 취약한 존재들이 서로 어깨를 기대며 의지하는 데서 자연스럽게 체득하게 된 몸의 자세이자 삶의 태도이자 관계의 감각인 셈이다.

밥을 먹을 수도 없습니다
배가 부르면 방이 좁아집니다

모서리에 지은 방이라서 고개만 돌려도 모서리에 찔리고,
쪼개서 지은 방이라서 잠도 쪼개서 잡니다

서서 누구를 기다리는 자세나,
그 사람을 향해 서둘러 걸어가는 자세도 모두 방문 밖에 두고 들

어야 합니다

몰래 데려온 애인의 신발을 방 안에 들여놓아야 하듯,
몰래 빚을 데려오면 들킬 수 있습니다

기쁨 없이 웃고,
슬픔 없이 울어야 합니다 아니,
표정만으로도 방이 좁아집니다

표정도 시간도, 이 방 안에는 왜 이렇게 빈 비닐봉지들이 많은지,
조금만 뒤척여도 바스락거립니다

잠만 자는 방이라서 꿈을 꿀 공간이 없습니다

창문 하나를 갖고 싶은 꿈이 얼마나 많은 공간을 차지하는지 알지
않습니까

꿈을 꾼대도 꿈속이 좁아 이별한 애인들과 자주 마주칩니다 그런데

양말은 이 방 어디서 짝을 잃어버리는 걸까요

내가 들어와도 돌아보지도 않고 잠만 자는 방입니다

—「잠만 자는 방」 전문

우리가 몸을 부리고 기거하는 공간이 어떻게 우리의 일상을 지배하는지 잘 보여 주는 시이다. 잠자는 것 외에는 아무것도 할 수 없는 방을 대도시의 일상에서는 흔히 볼 수 있다. 고시원의 방도 대개 그러하다. 겨우 몸을 눕히고 잘 수 있는 정도의 공간만 허락된 방을 시의 화자는 "배가 부르면 방이 좁아"질까 봐 "밥을 먹을 수도 없"고 "쪼개서 지은 방이라서 잠도 쪼개서" 자야 하는 곳으로 묘사한다. 과장된 표현이지만 과장만은 아닌 것이, 대개 공간이 그곳에서 살아가는 사람의 삶의 방식과 습관을 좌우하고 지배하기 때문이다. "서서 누구를 기다리는 자세나,/ 그 사람을 향해 서둘러 걸어가는 자세도 모두 방문 밖에 두고 들어야" 하는 곳에서 낭만적인 사랑이나 꿈을 꾸기는 어려울 것이다. "잠만 자는 방이라서 꿈을 꿀 공간이 없"다는 화자의 고백은 지독한 가난을 체험한 이들에게는 지극히 현실적인 발화가 된다.

거 봐라 네가 가진 자루가 작더라도 왼쪽 오른쪽 나누어 담으면 너를 다 담을 수 있잖니,

너를 붙잡을 곳 마땅치 않아 들고 걸어가기 어려울 때는 너를

자루에 담아 들고 걸어가면 한결 편할 거야

  방으로 드는 식당에서 너를 구멍 난 자루에 담아 왔다는 걸 발견하는 순간 너는
  그 구멍으로 줄줄 새는 너를 들키고 싶지 않아 발을 숨겨야 할 거야

  자루를 아무리 당겨 올려도 자루는 내 무릎도 담지 못할 뿐인데요

  네 발만 담아도 너를 자루에 담는 거란다
  황금색 계급장을 찬 어깨 앞에서 손을 바지 주머니에 넣는 것만으로도 떨고 있는 너를 감출 수 있거든,

  쓰레기봉투에 너를 조금이라도 더 담으려 발을 넣고 밟는 모습처럼 보일 수도 있을 거야

  유리 거울처럼 깨진 너의 얼굴 조각들이 그 안에 담겨 있는 줄도 모르고,
  그러니,

너를

나누어 담아라

눈물도 왼쪽 눈 오른쪽 눈 나누어 담으면 넘치지 않잖니,

—「양말」 전문

서진배 시의 주체는 생활공간으로서의 집이나 방뿐 아니라 날마다 신는 양말도 공간적으로 인식한다. 무언가를 담는 그릇의 은유가 양말에 대한 공간적 인식에 담겨 있다. 양말에 발만 담는 것이 아니라 "너를 다 담을 수 있"다는 상상력은 양말을 몸을 담는 자루로 인식하게 한다. "네 발만 담아도 너를 자루에 담는 거란다"라는 전언은 양말에 대한 공간적 인식에 전환을 가져온다. "유리 거울처럼 깨진 너의 얼굴 조각들"도 "그 안에 담겨 있"다는 상상력은 양말을 발에 신는 도구적 대상으로 인식하는 데서 더 나아가 두 발에 바탕을 둔 한 사람의 몸을 담고 마침내 그 사람의 인생을 담는 공간으로 인식하게 한다. 그러니 그 안에는 "유리 거울처럼 깨진 너의 얼굴 조각들" 같은 상처와 아픔도 담길 수 있는 것이다.

양말을 공간적으로 인식하면서 시의 주체가 깨달은 삶의 지혜는 "너를/ 나누어 담"으라는 것이다. 두 짝이 한 쌍을 이루는 양말에 "너를/ 나누어 담"는 상상력은 더불어 함께 살아가고 기대고 의지하는 삶의 태도와 공동체에 대한 인식으로 자연스럽게 확장

된다. 혼자서는 살아갈 수 없는 취약한 존재들은 서로를 돌보며 기대고 의지하는 공동체의 감각을 자연스럽게 획득하게 될 것임을 서진배의 시는 독특한 공간 감각을 통해 알려 준다.

3

서진배 시인의 첫 시집에 지배적으로 흐르는 정서는 슬픔이다. 슬픔은 누군가를 상실한 체험에서 비롯되기도 하고 좀처럼 메워지지 않는 결핍에서 흘러나오기도 한다. 중심에서 밀려났다는 감각이나 버림받은 경험으로부터 발생하는 감정이기도 하다. 서진배의 시는 그런 이유로 흘러나오는 슬픔을 예민하게 감각하면서도 슬픔에 젖어 들어 매몰되지는 않는다. 사람마다 슬픔을 느끼는 결도 표현하는 방식도 다르다는 사실에 오히려 주목한다. 서진배의 시에서 슬픔이 마음을 돌보는 힘을 발휘하는 까닭은 바로 여기에 있다.

죽은 아들이 꿈에 찾아오지 않는다고,
혹시 너의 꿈에는 찾아오니?
빈 눈으로 친구의 어머니가 물었습니다

사진을 저녁 내내 들여다보다 이마에 떨어뜨리고 잠들어도 꿈

에 찾아오지 않는다는 어머니에게,

    어제도 내 꿈에 찾아왔다고,
    아프리카의 춤을 추며 모닥불이 사그라들 때까지 보름달을 빙
빙 맴돌았다고,
    빨간 불씨를 품고 있는 모닥불 자리에 오줌을 누며 낄낄거렸다
고, 염려 놓으시라고,

    어떤 안부는 대신 전하는 것만으로도 섭섭하다는 것도 모르고,

    어머니, 내 꿈으로 찾아오세요 내 꿈에서 숨바꼭질하는 그 아들
을 찾아 줄게요

    어떤 초대는 초대받은 사람을 망설이게 한다는 것도 모르고,

    꿈에 어떤 사람이 찾아온다는 게 자랑이 될 수도 있지만,
    내 꿈에만 어떤 사람이 찾아온다는 게
    또 다른 어떤 사람을 외롭게 할 수 있다는 것도 모르고,

    그믐밤 춤을 출 때는 엄마의 꿈에 한번 다녀오라, 전해 줄게요

어떤 위로는 하면 할수록 더 아파진다는 것도 모르고,

—「어떤 위로」 전문

　시의 주체는 "바닥에 떨어진 밥풀이 제가 대접 밖으로 밀려
난 걸 눈치챌 새도 주지 않기 위"해 "밥풀을 얼른 주워 두리번거
릴 새도 없이 입에 넣는" 사람, 즉 "밥풀의 기분을 아는 사람"이
다. "밖으로 밖으로 밀려난 밥풀// 그 밥풀의 허연 기분을 아는 사
람"(「선화동 콩나물밥집」)이므로 "어떤 위로는 하면 할수록 더 아
파진다는 것도" 잘 알고 있다.

　"죽은 아들이 꿈에 찾아오지 않는다고" 슬픔에 잠겨 텅 "빈 눈
으로" 아들 친구에게 "혹시 너의 꿈에는 찾아오"는지 묻는 친구
어머니에게 어떤 말도 위로가 되기는 어려울 것이다. 때론 선의
로 전하는 안부와 초대와 위로가 섭섭함과 망설임과 아픔을 배가
할 수도 있음을 시인은 잘 알고 있다. 결핍의 자리에 오래 있어 봐
서 그 마음을 아는 것이기도 하고, 밀려나고 소외당한 이의 서러
움을 누구보다 잘 알고 있기 때문이기도 하겠다. 자식을 잃은 상
실감만으로도 어머니는 텅 빈 눈을 가질 수밖에 없겠지만 최악의
상황에서도 그보다 더 최악은 늘 있는 것처럼, 꿈으로도 찾아오
지 않는 아들에 대한 야속함에 어머니는 계속 마음을 베이고 있
음을 시의 화자가 뒤늦게 깨달은 것이겠다.

어떤 슬픔은 길을 잃을 때가 있습니다

파란 사과 한 알을 쥐고 장례식장 안을 뛰어다니는 어린 상주가
있는가 하면,
　벽에 기대어 흥얼거리는 어린 상주의 엄마가 있습니다

너무 어린 슬픔이거나,
너무 아린 슬픔이거나,

슬픔이 눈물을 따라가야는데,
과일가게 간판에 한눈팔거나,
노래를 흥얼흥얼 따라갈 때가 있습니다

어떤 슬픔은
가 본 길인데 길을 잃고,
어떤 슬픔은
갈 때마다 길을 잃고,

당신의 슬픔이 길을 잃어 당신도 모르게 흥얼흥얼 노래가 흘러
나올 때, 나는

당신의 슬픔을 따라 길을 잃고,
당신의 흥얼거림을 따라 흥얼거립니다

당신이 흥얼거리는 노래마저 길을 잃고 한 멜로디를 맴돌 때, 나도
그 멜로디를 따라 맴돕니다

무슨 노래인지 묻지 않으면서,
무슨 슬픔인지 묻지 않으면서,

한 흥얼거림이 한 흥얼거림을 흥얼흥얼 따라가고 있습니다

—「흥얼흥얼」 전문

　슬픔의 모습 또한 각양각색임을 시의 주체는 잘 알고 있다. "파란 사과 한 알을 쥐고 장례식장 안을 뛰어다니는 어린 상주"의 모습을 하고 오는 슬픔이 있는가 하면, "벽에 기대어 흥얼거리는 어린 상주의 엄마" 모습으로 오는 슬픔도 있기 마련이다. "너무 어린 슬픔이거나／ 너무 아린 슬픔이거나," 슬픔이기는 매한가지여서 슬픔의 무게를 견줄 수는 없을 것이다.
　아무리 슬픈 일을 당한 사람도 슬픔에 내내 잠겨서 살아갈 수는 없다. 슬픔에 잠식당한 사람에게도 일상의 시간은 흐른다. "과

일가게 간판에 한눈팔거나,/ 노래를 흥얼흥얼 따라갈 때가 있"다. 왜 한눈을 파느냐고 왜 노래를 흥얼거리느냐고 묻는 것은 슬픔에 대한 이해, 사람에 대한 이해가 부족하기 때문일 것이다. "어떤 슬픔은/ 가 본 길인데 길을 잃고,/ 어떤 슬픔은/ 갈 때마다 길을 잃"기도 할 것이다. 그러므로 서진배 시의 주체는 "당신의 슬픔이 길을 잃어 당신도 모르게 흥얼흥얼 노래가 흘러나올 때, 나는// 당신의 슬픔을 따라 길을 잃고,/ 당신의 흥얼거림을 따라 흥얼거"리겠다고 말한다. "무슨 노래인지 묻지 않으면서,/ 무슨 슬픔인지 묻지 않으면서," 함께 흥얼거리고 함께 길을 잃는 것. 그것이야말로 슬픔을 온전히 이해하는 태도이자 슬픈 마음을 돌보는 감각일 것이다. 서진배의 시가 그려 내는 슬픔의 공동체는 "한 흥얼거림이 한 흥얼거림을 흥얼흥얼 따라가"는 태도로부터 구축된다.

숨는 건,
뒤에 있는 게 아닙니다
테두리가 닮은 그림 옆에 나란히 있는 겁니다

중절모가 담장 뒤에 숨은 게 아닙니다
압정이 서랍 속에 든 게 아닙니다

사람 옆에 내가 나란히 있어,

빨간 색연필을 들고
나를 찾는 당신이
두 번 세 번 나를 못 보고 지나갑니다

풀잎 옆에 넥타이가 나란히 있습니다
포도송이 옆에 네잎클로버가 나란히 있고,

테두리가 닳은 슬픔 옆에 테두리가 닳은 아픔이 나란히 있는 겁
니다

내가 당신을 그리는 마음 옆에 내가 당신을 그리워하는 마음이
나란히 있는 겁니다

나는 종종 빗방울 옆에서 나란히 울고 있습니다

감쪽같이 울고 있습니다

―「숨은그림찾기」 전문

슬픔에 대한 시인의 이해는 결국 더불어 살아가는 삶에 대한
이해로 확장된다. "그 여름 엄마의 건어물 좌판에서" "한 줌 더 얹
어 준 것도 없는데 한 줌 더 가져가는 손님"과 "한 줌 더 얹어 준

슬픔도 없는데 한 줌 더 가져가는 슬픔 때문에/ 눈물이 주르륵 흘러내린다는 걸"(「덤덤」) 알게 된 시의 주체는 슬픔을 피할 수는 없지만 그럼에도 "나란히" 울어 주는 사람들 속에서 살아갈 수 있음을 배웠는지도 모르겠다.

숨은그림찾기를 할 때 대개 숨은 그림은 보이지 않는 곳에 숨어 있는 것이 아니라 가까운 곳에 나란히 있는데 눈에 띄지 않아 찾지 못하는 경우가 많다. 누구나 해 본 숨은그림찾기라는 경험을 통해 시의 주체는 "숨는 건,/ 뒤에 있는 게 아"니라 "테두리가 닮은 그림 옆에 나란히 있는" 것임을 깨닫는다. "풀잎 옆에 넥타이가 나란히 있"고 "포도송이 옆에 네잎클로버가 나란히 있"듯이, "테두리가 닮은 슬픔 옆에 테두리가 닮은 아픔이 나란히 있는" 것이 우리네 인생임을 서진배의 시는 보여 준다. "종종 빗방울 옆에서 나란히" "감쪽같이 울"면서 슬픔을 숨기고 있는 그의 시는 그렇게 옆에 숨어서 울어 줄 줄 아는 마음으로 품 넓은 위로를 전해 준다.

"대부분 떨어져 나온 조각들은 둥글고 부드럽고 물렁물렁한 것에서 혼자 떨어져 나와 날카로워진 것들"임을 알고 있는 시인의 따뜻한 시선은 종종 가슴을 베고 마음을 다치게 하는 "너의 침묵"과 "너의 비틀거림"에서도 시를 발견한다. "너의 침묵이 시에서 떨어져 나온 한 조각의 여백이"고 "너의 비틀거림이 시에서 떨어져 나온 한 조각의 걸음이라는 걸"(「어쩌면 너는 시에서 떨어져 나온 한 조각일지도,」) 깨닫는 시선이야말로 시인이, 날카로워질

대로 날카로워져 자신을 상처 입히는 대상에서조차도 시를 발견해 내는 시선이자 세상을 대하는 태도라 하지 않을 수 없다.

4

일상의 사소한 체험에서도 시적인 순간을 발견할 줄 아는 서진배의 시는 익숙한 것을 낯설게 봄으로써 자기성찰적 시선을 드러낼 줄 안다. 세상의 통념에서 벗어나 다른 시선으로 바라보는 대상은 "시에서 떨어져 나온 한 조각"(「어쩌면 너는 시에서 떨어져 나온 한 조각일지도,」)처럼 시를 품고 있다. 그의 시가 종종 세상에 대한 알레고리적 해석의 시선을 드러내는 것도 앞만 보고 달려가는 세상에 제동을 걸고 싶어 하는 시적 태도에서 연유하는 것이기도 하다.

정상이 몇 미터 남지 않은 곳에 선착장으로 향하는 오른쪽 길과
정상으로 향하는 왼쪽 길,
갈림길이 나왔습니다

정상을 포기하고 오른쪽 길로 한 걸음 한 걸음 걸어 내려갈 때,
정상이 한 걸음 한 걸음 우리를 쫓아와 붙잡고,
우리는 끝내 돌아서 정상으로 오릅니다

우리는 왜 정상을 포기 못합니까

막배가 우리를 두고 떠날 수도 있는데 말이에요

정상에서 불에 탄 돌멩이 하나 주머니에 넣어 오지 못하면서 말
이에요

정상에 너를 올려놓고 바쁘게 사진만 찍고, 나는
내려가자
서두를 거면서

내가 정상에서 본 건 너밖에 없어

우리는 왜 점점 좁아지는 정상에 오르는 걸까요

오르고 올라도 숨만 차오르는데도,

좁은 정상에 올라
서로 정상 밖으로 떨어지지 않게
몸에 몸을 붙이고,
팔에 팔을 묶고,

— 「차귀도」 전문

제주도 최서단에 위치한 섬 차귀도에 다녀온 경험이 담긴 시이다. 차귀도에 내려 오르막을 오르다 보면 정상이 몇 미터 남지 않은 곳에 갈림길이 나온다. 오른쪽 길은 선착장으로 향하는 길이고 왼쪽 길은 정상으로 향하는 길이다. 시의 화자는 "정상을 포기하고 오른쪽 길로 한 걸음 한 걸음 걸어 내려"가는 선택을 해 보지만 오래가지는 못한다. "정상이 한 걸음 한 걸음 우리를 쫓아와 붙잡"아서 "끝내 돌아서 정상으로 오"르는 길을 선택하게 된 것이다. 화자의 의문은 여기서 시작된다. "우리는 왜 정상을 포기 못"하는가. "막배가 우리를 두고 떠날 수도 있"고 정상에 오른다 한들 "불에 탄 돌멩이 하나 주머니에 넣어 오지"도 못하고 "바쁘게 사진만 찍고" 서둘러 내려갈 것임을 알면서도 "점점 좁아지는 정상에" 기어코 "오르는" 것인지 묻는다.

　　화자의 질문은 우리가 살아가는 경쟁사회를 향해 던져지는 것이기도 하다. 옆과 뒤를 돌아보지 않고 앞만 보고 달려가는 지나친 경쟁사회가 관성적으로 우리를 정상으로 향하게 하는 것은 아닌지 묻고 싶은 것이겠다. 공동체와 돌봄이라는 가치를 중시하는 서진배 시인에게 경쟁을 부추기는 신자유주의 사회는 질문과 비판의 대상이 될 수밖에 없을 것이다. 서진배의 시가 던지는 질문은 정상을 포기하지 못하고 발길을 돌려 결국 정상으로 향하고 만 자신에 대한 성찰적 질문이자 "오르고 올라도 숨만 차오르는데도" 경쟁을 부추기며 정상에 오르라고 하는 세상을 향해 던지는 비판적 질문이다.

늑대가 나타났다

나는 우리를 향해 달리기 시작합니다

틈과 틈을 못질해 지은 우리여서 덜컹덜컹거립니다

우리를 뜯어내거나 넘지 못하고 문을 통해 들고날 수 있습니다

누구도 우리를 스스로 열고 닫을 수 없습니다

우리 안에는 같은 울음소리를 갖고,
발톱을 구두굽처럼 깎은 짐승만 들 수 있습니다

종종 우리 문이 닫힌 흉내만 내도
누구 하나 문을 밀어 보거나 당겨 보지 않습니다

우리 문은 닫히기 시작했는데,
네 개의 발로 달린다 해도
문이 닫히는 속도를 따라잡지 못할 것 같습니다

미처 내가 우리 안에 들지 않았는데,

우리 문은 왜 저렇게 빠르게 닫히는 겁니까

누군가 넘어져 늑대의 아가리 같은 문에 물어뜯기는 틈이 생기
면 모를까

마침내 내가 우리 안에 들었는데,
우리 문은 왜 이렇게 느리게 닫히는 겁니까

우리 안의 마음은 벌써 닫혔는데요

우리 안에 들지 못한 인간이 우리의 틈으로 우리 안을 들여다봅
니다

우리 누구도 문을 닫지 않았습니다
우리가 문을 닫았을 뿐입니다
—「왜 전동차 문은 늘 내가 달려가는 속도보다 빠르게 닫힐까」 전문

취약한 존재들이 더불어 살아가기 위해서는 경쟁 대신 다른 가
치가 요구됨을 잘 알고 있는 시인은 이번 시집에서 '우리'에 대해
성찰하는 시를 몇 편 선보인다. '우리'는 사전적으로 두 가지 의미
를 지니고 있다. 말하는 이가 자기와 듣는 이, 또는 자기와 듣는

이를 포함한 여러 사람을 가리키는 일인칭 대명사를 뜻하는 '우리'가 있고, 짐승을 가두어 기르는 곳을 가리키는 '우리'도 있다. 전혀 다른 의미로 쓰이는 말이지만 우리 안과 밖을 나누는 경계가 분명하다는 점에서는 유사성도 지니고 있다. 이 시는 '우리'를 중의적으로 사용하면서 '우리'라는 공동체의 속성을 성찰한다. 후자의 의미를 지닌 '우리'의 경우 안과 밖이 확연히 나뉘는 속성을 지니는데, 사실상 일인칭 대명사로 쓰이는 '우리'도 우리에 속하지 않는 존재를 타자화한다는 점에서 비슷한 속성을 지닌다. '우리'라고 말하는 순간 '우리'에 포함되지 않는 타자들에게 '우리'는 배타적인 경계를 짓는 말이 되는 것이다.

전동차 문이 닫히는 순간 전동차 안의 승객과 전동차를 놓친 바깥의 사람들은 단절된다. 지하철을 이용하는 같은 승객의 신분에서 전동차 안에 탑승한 승객과 놓친 승객으로 구획되는 것이다. 흥미로운 것은 "미처 내가 우리 안에 들지 않았"을 때에는 "우리 문"이 "빠르게 닫"힌다고 느끼다가도 "마침내 내가 우리 안에 들었"을 때에는 "우리 문"이 "느리게 닫"힌다고 느낀다는 것이다. 안에 속해 있는지 밖에 속해 있는지에 따라 문이 닫히는 일정한 속도가 지극히 주관적으로 느껴지는 것이다. 결국 '우리'를 어떻게 구성하는지는 '우리' 자신에게 달려 있음을 서진배의 시는 말하고 싶어 한다. 나와 다른 타자와 더불어 살아가는 일이 누구에게나 쉬운 일은 아니지만, 그럼에도 취약한 존재인 우리가 함께 더불어 살아가기 위해서는 우리라는 공동체에 희망을 걸 수밖에 없음을, 그 불가능의 가능성이 우리에게 남은 마지막 기회임을 그의 시는 보여 주고자 한다. 서진배의 시가 제안하는 방법은 "제 아픔의 무게를 들키고 싶지 않을 때," "우리에서 나를 빼지 않"고 "우리에서 너를 빼지 않으면"서 "서로 끌어안"(「고양이 무게를 재는 법」)는 것이다. 서로에게 발톱을 세우고 내가 살아남기 위해 남을 짓밟는 방식으로는 공멸밖에 없음을 알고 있는 시인은 공멸 대신 공생의 가능성에 '우리'의 운명을 걸어 보려는 것이겠다.

세상에 혼잣말이 어딨어요

지금 없는 사람에게 하는 말이고,
여기 없는 사람에게 하는 말일 뿐이죠

세상에 혼잣말은 없습니다

당신이
혼자 남은 방에서 하는 말이 어떻게 혼잣말이겠어요

그 방에 함께 있던
그 남자에게 하는

늦은 대답이고,
이른 물음이죠

그 남자는
벌써 묻고,
당신은
이제 대답하고,
당신은
지금 묻고,
그 남자는
아직인 대답일 뿐이죠

둘이 멀리서 하는 말일 뿐이죠

미처 못 한 말이고,
차마 못 한 말이고,
이제야 하는 말이고,
아직인 말일 뿐이죠

둘이 멀리서 하는 말이 어떻게 혼잣말이겠어요

아직 가는 말이고,

아직 오는 말이고,

아직 만나지 못한 말일 뿐이죠

—「우리의 혼잣말은 언제 만날까」 전문

　서진배 시인에게 세상은 혼자 사는 곳이 아니다. 혼잣말도 혼자 하는 말이 아니라는 시적 주체의 전언에는 더불어 살아가는 공동체에 대한 서진배 시인의 인식과 바람이 담겨 있다. "세상에 혼잣말은 없"고 "지금 없는 사람에게 하는 말이고,/ 여기 없는 사람에게 하는 말"이며 "둘이 멀리서 하는 말일 뿐"이라고 시의 주체는 말한다. 벌써 묻고 이제 대답하는 시차가 있을 뿐 애초에 대상을 향하지 않은 혼잣말은 없다는 이 시의 전언은 서진배 시인에게 시란 무엇인지 짐작케 한다. 서진배의 시 또한 "미처 못 한 말이고,/ 차마 못 한 말이고,/ 이제야 하는 말이고,/ 아직인 말일"지언정 독자를 향하지 않는 혼잣말은 아닌 것이다. 그러므로 그의 시는 독자를 향해, 세상을 향해, '우리'가 만들어 가야 할 '우리' 공동체를 향해 말을 건네고 마음을 건네며 슬픈 노래를 흥얼댄다. 그의 시는 "아직 만나지 못한" 독자를 향해 "아직 가는" 중이다. 이제 미지의 독자가 그의 말에 응답할 차례이다.